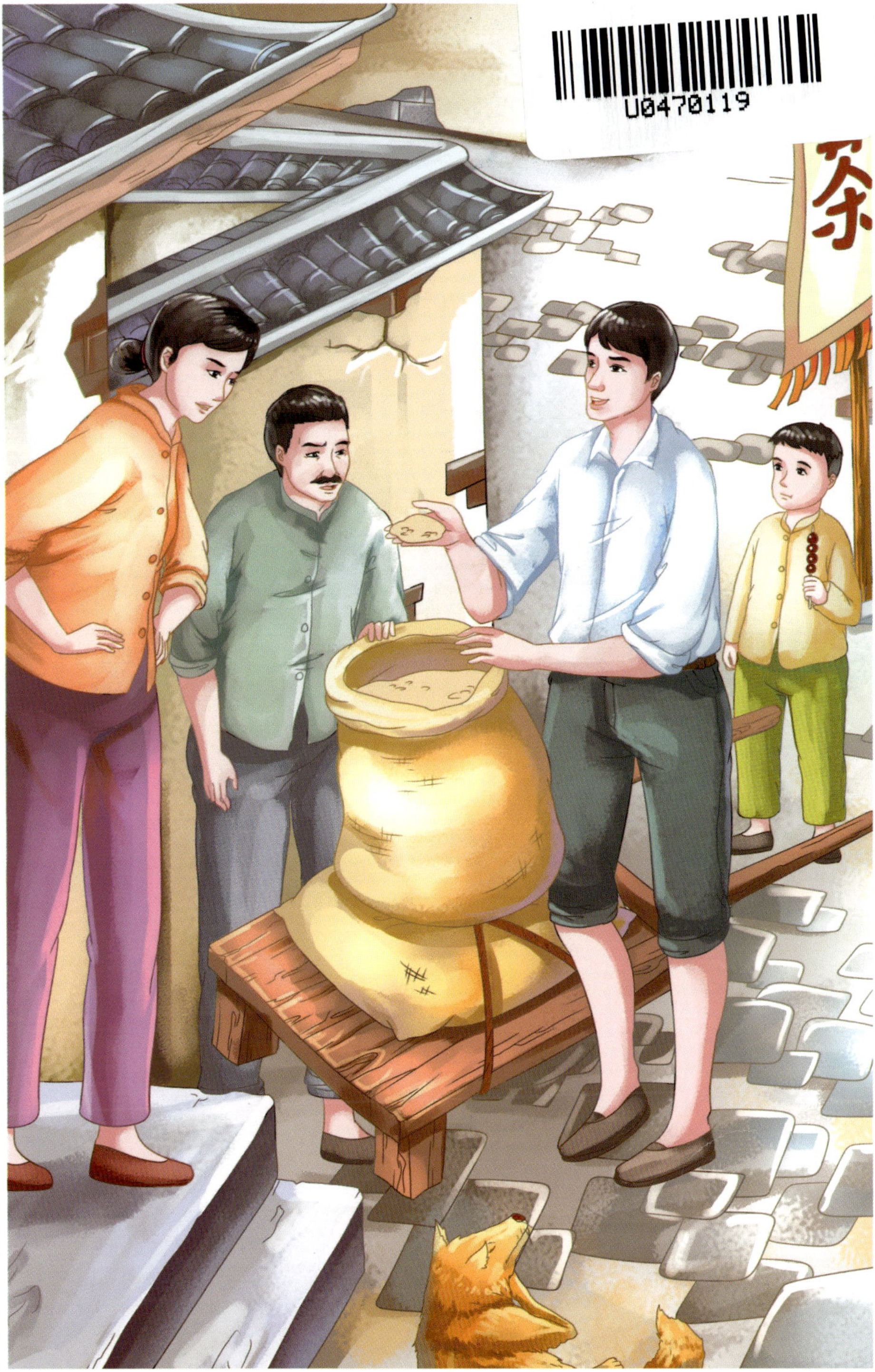

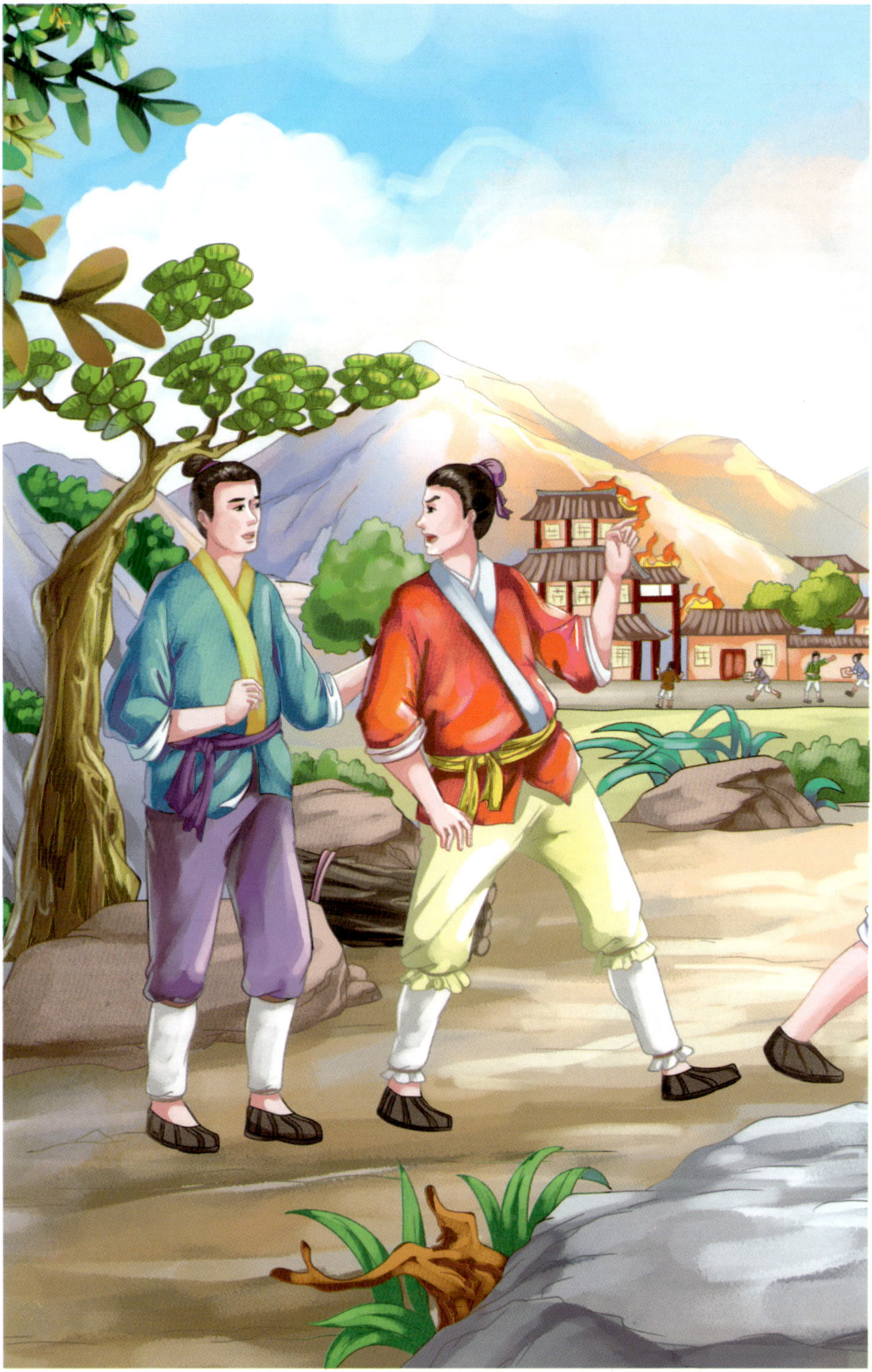

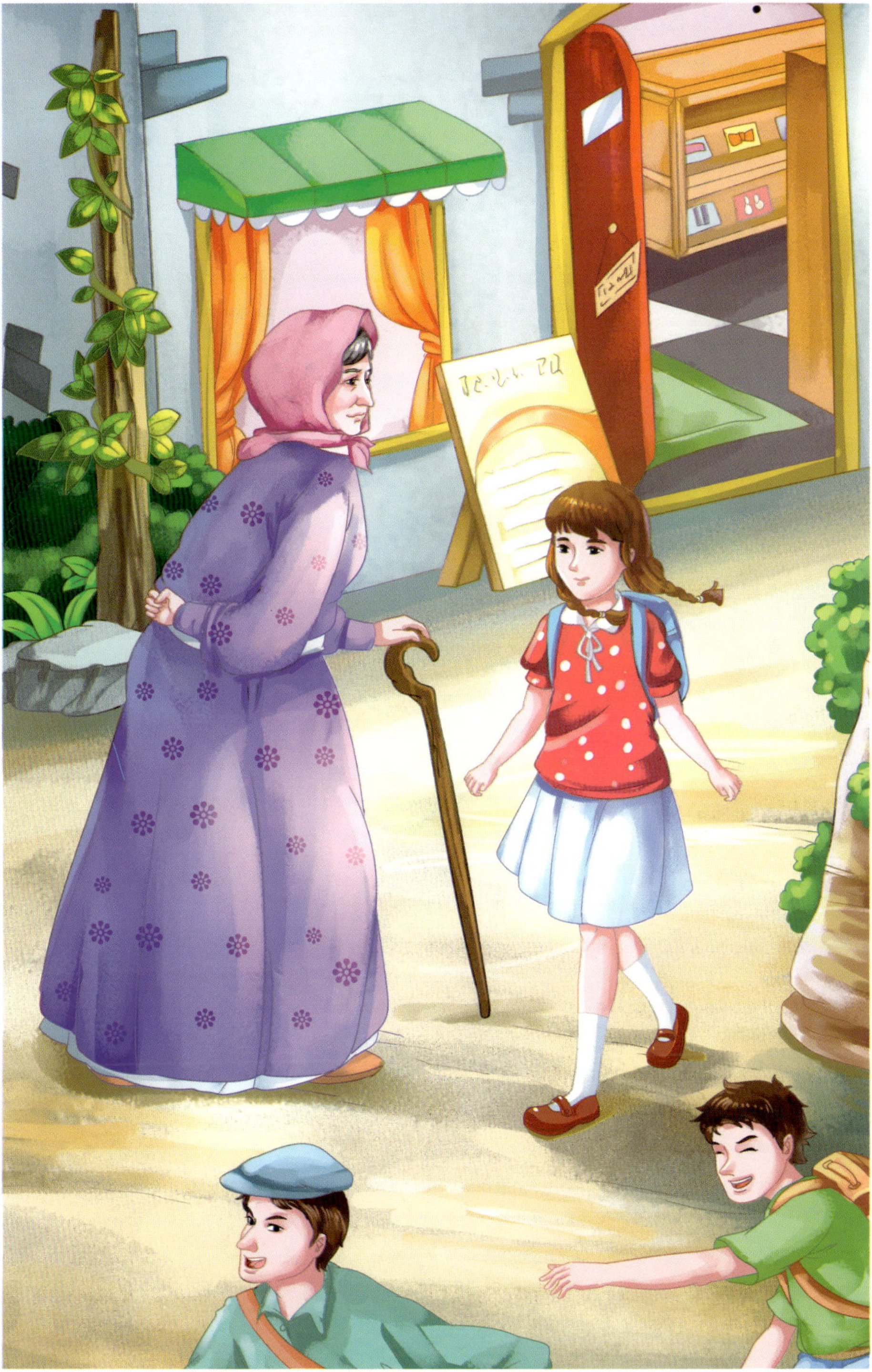

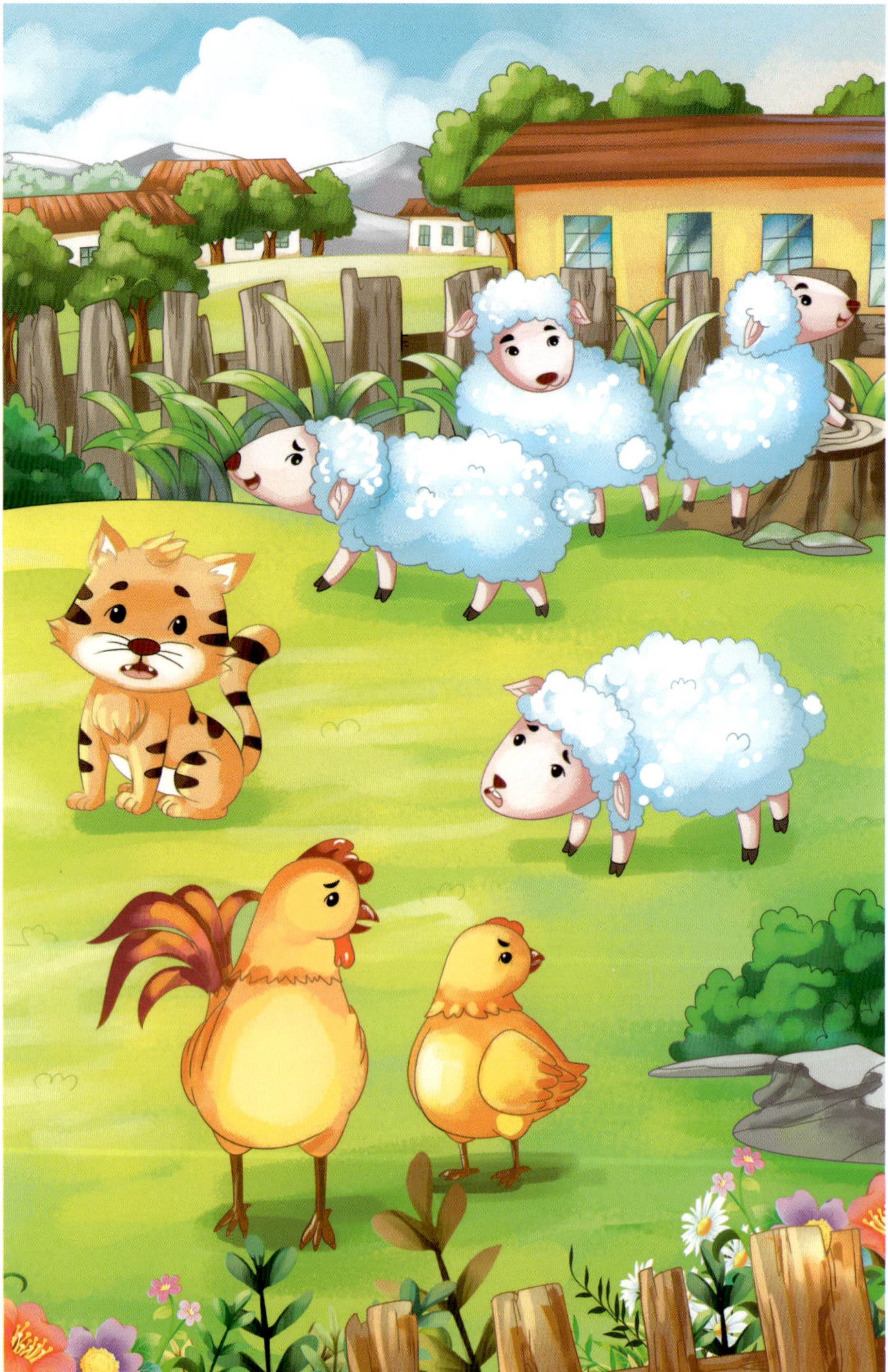

百分百小孩

面对是一种勇气

徐银玉 \ 编

广东旅游出版社

中国·广州

图书在版编目（CIP）数据

百分百小孩：彩插图文版．面对是一种勇气 / 徐银玉编．— 广州：广东旅游出版社，2016.10（2017.3 重印）

ISBN 978-7-5570-0507-8

Ⅰ．①百… Ⅱ．①徐… Ⅲ．①故事课－学前教育－教学参考资料 Ⅳ．① G613.3

中国版本图书馆 CIP 数据核字（2016）第 224521 号

出 版 人：刘志松
责任编辑：方银萍
内文设计：张志锋
内文插图：张小馨
封面设计：彭嘉辉
责任技编：刘振华
责任校对：李瑞苑

广东旅游出版社出版发行
（广州市越秀区环市东路 338 号银政大厦西楼 12 楼　邮编：510060）
邮购电话：020-87348243
广东旅游出版社图书网
www.tourpress.cn
武汉鑫佳捷印务有限公司
（武汉市江夏区藏龙岛科技园九凤街 6 号）
880 毫米 ×1230 毫米　32 开　4 印张 2 插页 102 千字
2017 年 3 月第 1 版第 2 次印刷
定价：10.80 元

[版权所有　侵权必究]

本书如有错页倒装等质量问题，请直接与印刷厂联系换书

前言
FOREWORD

现代家庭教育的难题，很大程度上来自于对旧有价值观念的打破。当我们有着相对单一且普遍认同的价值标准时，我们知道什么叫成功，也知道想要获得成功可以采用哪些办法。然而，随着价值观的不断多元化，今天的我们越来越不清楚什么叫作真正的成功，我们再也不可能信心满满地说出"棍棒底下出孝子"的古训。

所幸越来越多的年轻父母乐意为孩子的幸福童年——而不仅仅是远大前程——付出时间和精力，他们努力地在育儿书籍、网络平台、线下课程中寻求着育儿的"千金良方"。可无论是充满激情的"教育唤醒心灵"，还是行之有效的行为塑造，摆在年轻父母面前的难题常常还是自己的一厢情愿和孩子的无动于衷。似乎父母的努力学习和实践，并不能真正地带动孩子主动成长。

看过很多励志书，也见过很多成功事例，每个主人公的成长路总有些东西激励我们前进。每个人都不想成为失败者，然而现实中一个又一个人妥协和屈服了，在最好、最应该奋斗的青春年华走了弯路，为自己今后的发展挖了个大坑。

新东方创始人俞敏洪曾说过:"青春其实跟三个'想'有关,叫作理想、梦想和思想。如果我们能够坚持自己的理想,追逐自己的梦想,并且探索自己独立的思想,我们的青春就开始成熟了。"

任何人都有一段路需要自己走,而理想、梦想和思想是这路上的光,是我们能够坚持下去的依靠。有阴影的地方,必定有光。如果你躲在阴影里不出来,就会成为它的一部分;如果你走到光下,就能看到更多的路。成长中,我们更应该看到希望,拥有爱,点亮爱,传递爱!

每个人心中都有光,只要你愿意照亮外界,温暖别人,就会有更多光照亮你自己,获得更多温暖。当你为美好而努力奋斗时,总有一天世界会转身爱你。

编　者

目录

真正的朋友 ……………………………… 1
不靠别人 ………………………………… 6
船舶陈列馆 ……………………………… 8
龙虾和寄居蟹 …………………………… 10
渴望就是力量 …………………………… 12
狮子和公鸡 ……………………………… 14
两个水罐 ………………………………… 17
复明药方 ………………………………… 20
明白自己的位置 ………………………… 22
大石头 …………………………………… 24
大师的话 ………………………………… 26
无价之宝 ………………………………… 28
用尽所有力量 …………………………… 31
真刀真枪的游戏 ………………………… 33
煤炭和钻石的区别 ……………………… 35
坚持才能胜利 …………………………… 37
100元的奖励 …………………………… 40
鉴真和尚 ………………………………… 43
勇敢承担责任 …………………………… 46
看到自己的优点 ………………………… 48
改变心态 ………………………………… 50

柏树妈妈的溺爱	52
坚持理想	55
昂起头来	59
勇于探索	61
成功宜晚不宜早	63
换个角度想问题	65
卫生纸巾的发明	67
跳出小鱼缸	69
海德先生的糖果	72
相信自己	75
跑龙套的田启文	78
好心的回报	80
告别"我不能"	82
踏实工作的李远哲	86
斧头更重要	89
"牛仔大王"李维斯	92
坚持就是胜利	95
信念的力量	98
障 碍 赛	100
没有过不去的坎	102
坚持的理由	104
"多金王"菲尔普斯	106
努力尝试	108
王永庆的成功之路	110
布鲁克林大桥	113
朝着计划前进	116
张 自 忠	118
科 赫	120

真正的朋友

杰克把建议书扔到我书桌上——当他瞪着眼睛看着我时,眉毛蹙成了一条直线。

"怎么了?"我问。

他用一根手指戳着建议书:"下一次,你想要做某些改动的时候,得先问问我。"说完就掉转身走了,把我独自留在那里生闷气。

他怎么敢这样对待我,我想。我不过是改动了一个长句子,纠正了语法上的错误——这些都是我认为我有责任做的。

并不是没有人警告过我会发生这样的事情。我的前任——那些在我之前在这个职位上工作的女人们,称呼他的字眼都是我无法张口重复的。在我上班的第一天,一位同事就把我拉到一边,低声告诉我:"他本人要对另外两位秘书离开公司的事情负责。"

几个星期过去了,我越来越轻视杰克。我一向信奉这样一个原则:当敌人打你的左脸时,把你的右脸也凑上去，并且爱你的敌人。可是，这个原则根本不适用于杰克。他很快会把侮辱人的话掷在转向他的任何一张脸上。我为他的行为祈祷，可是说心里话，我真想随他去，不理他。

一天，他又做了一件令我十分难堪的事，我独自流了很多眼泪，然后就像一阵风似的冲进他的办公室。我准备如果需要的话就立即辞职，但必须得让这个男人知道我的想法。我推开门，杰克抬起眼睛匆匆地扫视了我一眼。

"什么事？"他生硬地问。

我突然知道我必须得做什么了。毕竟，他是应该知道原因的。

我在他对面的一把椅子上坐下来。"杰克，你对待我的态度是错误的。从来没有人用那种态度对我说话。作为一名专业人员，这是错误的，而我允许这种情况继续下去也是错误的。"我说。

杰克不安地、有些僵硬地笑了笑，同时把身体向后斜靠在椅背上。我把眼睛闭上一秒钟，上帝保佑我，我在心里默默地祈祷着。

"我想向你做出承诺：我将会是你的朋友，"我说，"我将会用尊重和友善来对待你，因为这是你应该受到的待遇。你应该得到那样的对待，而每个人都应该得到同样的对待。"我轻轻地从椅子里站起来，然后轻轻地把门在身后关上。

那个星期余下的时间里,杰克一直都避免见到我。建议书、说明书和信件都在我吃午餐的时候出现在我的书桌上,而我修改过的文件都被取走了。一天,我买了一些饼干带到办公室里,留了一些放在杰克的书桌上。另一天,我在杰克的书桌上留下了一张字条,上面写着:"希望你今天愉快。"

接下来的几个星期里,杰克又重新在我面前出现了。他的态度依然冷淡,但却不再随意发脾气了。在休息室里,同事们把我迫至一隅。

"看看你对杰克的影响,"他们说,"你一定狠狠责备了他一通。"

我摇了摇头。"我和杰克现在成为朋友了。"我真诚地说,我拒绝谈论他。其后,每一次在大厅里看见杰克,我都会先向他露出微笑。

因为,那是朋友应该做的事情。

在我们之间的那次"谈话"过去一年之后,我被查出患了乳腺癌。当时我只有32岁,有着三个漂亮聪明的孩子,我很害怕。很快癌细胞转移到了我的淋巴腺,有统计数字表明,患病到这种程度的病人不会活很长时间了。手术之后,我与那些一心想找到合适的话来说的朋友们聊天。没有人知道应该说什么,许多人说话语无伦次、颠三倒四,还有一些人忍不住哭泣。我尽量鼓励他们。我固守着希望。

住院的最后一天，门口出现了一个身影，原来是杰克。他正笨拙地站在那里，我微笑着朝他招了招手。他走到我的床边，没有说话，只是把一个小包裹放在我身边，里面是一些植物的球茎。

"郁金香。"他说。

我微笑着，一时之间没有明白他的意思。

他清了清喉咙："你回到家里之后，把它们种到泥土里，到明年春天，它们就会发芽了。"他的脚在地上蹭来蹭去，"我只是想让你知道，当它们发芽的时候，你会看到它们。"

我的眼睛里升起一团泪雾，我向他伸出手去。"谢谢你！"我轻声说。

杰克握住我的手，粗声粗气地回答："不用谢。你现在还看不出来，不过，到明年春天，你将会看到我为你选择的颜色。"他转过身，没说"再见"就离开了病房。

现在，那些每年春天都能看到的红色和白色的郁金香已经让我看了十多年。今年9月，医生就要宣布我的病已经被治愈了。我也已经看到了我的孩子们从中学里毕了业，走进了大学的校门。

在我最希望听到鼓励的话的时候，一个沉默寡言的男人说了出来。

毕竟，那是朋友应该做的事情。

面对是一种勇气

教育提示

真正的朋友并不是指酒肉朋友,而是指那些勇于指出你的错误,不怕你生气,一心为你着想的人。人难免会犯错误,有的人不愿意听到别人说到自己不好的地方。而真正的朋友不会在乎自己的朋友听到自己指责他的错误会不会生气,他只在乎自己朋友的行为对不对。他会正直地指出朋友不对的地方,用真诚的心来对待自己的朋友。而不是只想着说一些好听的话哄朋友开心,让他不能正确地认识自己。

当我们的朋友遇到困难的时候,我们应该站在朋友的身边,给他以鼓励。锦上添花的事情大家都会做,难能可贵的是雪中送炭。而真正的朋友就是雪中送炭的那种人。见到朋友处于危难之中,主动提供帮助,鼓励朋友走出困境,这样的人才算得上是真正的朋友。

不靠别人

　　一个茂密的森林里生活着许多小动物,这些动物们最喜爱的一项运动就是赛跑。有一只小蜗牛也很喜欢赛跑,常常和小朋友们玩赛跑,可是每次都是小蜗牛跑得最慢。它非常生气:"我每次都尽全力了,为什么总是赢不了比赛呢?"

　　它想过来,想过去,都想不出原因,就生气地缩回自己的壳里:"啊,我知道了,一定是我背上这个壳太重了,有谁见过背着家赛跑的?怪不得每次我都赢不了,肯定是它影响了我的奔跑速度,老天真是不公平。"

　　于是,它气哼哼地跑去责问妈妈:"妈妈,妈妈,想办法把我的壳去掉吧,每次赛跑我都会输。"

　　妈妈听了笑道:"傻孩子,如果去掉壳的保护你就会死掉的。"

　　小蜗牛很伤心:"可是妈妈,为什么我们从生下来,就要背负这个又硬又重的壳呢?"

　　妈妈说:"因为我们的身体没有骨骼的支撑,只能

面对是一种勇气

爬,又爬不快。所以才要这个壳的保护呀!"

小蜗牛还是不服气:"那毛虫姐姐没有骨头,也爬不快,为什么她不用背这个又硬又重的壳啊?"

妈妈笑着拍拍小蜗牛的脑袋:"因为毛虫姐姐能变成蝴蝶,广阔的天空会保护她的。"

小蜗牛又问:"蚯蚓弟弟也没骨头爬不快,也不会变成蝴蝶,那它为什么也不背这个又硬又重的壳呢?"

妈妈说:"因为蚯蚓弟弟会钻土,大地会保护它啊。"

小蜗牛听了大哭起来:"哇,妈妈,为什么只有我们最可怜,天空不保护,大地也不保护。"

蜗牛妈妈安慰他:"傻孩子,怕什么。我们有壳啊!有了壳,我们就可以不靠天,也不靠地,靠我们自己,不用依赖任何人的保护,这样多好啊!"

教育提示

有时候我们会羡慕别人有人帮忙,有人可以依靠。其实这没有什么好羡慕的,因为能够独立的我们更了不起。不依靠他人的帮助,只靠自己,无论面对什么情况,我们都不会担心,不会想着快点去找人帮忙。能够独立面对一切,不将希望寄托在他人身上,即使失去别人的帮助,我们也无所畏惧。

船舶陈列馆

在西班牙港口城市巴塞罗那,有一家著名的造船厂,这个造船厂已经有1000多年的悠久历史。这个造船厂从建厂的那一天开始就立了一个奇怪的规矩,所有从造船厂出去的船舶都要造一个小模型留在厂里,由专人把这只船出厂后的经历刻在模型上,并且厂里有专门的船舶模型陈列室。因为历史久远,所造船舶的数量不断增加,所以陈列室也逐步扩大。从最初的一间小小的屋子变成了现在造船厂里最宏伟的建筑,里面陈列着将近10万只船舶模型。

所有走进这个陈列馆的人都会被那些船舶模型所深深震撼,不是因为船舶模型造型的精致逼真与千姿百态,也不是因为感叹造船厂悠久的历史及其对西班牙航海业的卓越贡献,而是因为每一个船舶模型上面雕刻的文字!

其中一个名字叫"西班牙公主"的船舶模型上雕刻的文字是这样的:本船共计航海50年,其中11次遭遇

面对是一种勇气

冰川，有6次遭海盗抢掠，有9次与另外的船舶相撞，有21次发生故障抛锚搁浅。每一个模型都有这样的文字，详细记录着该船舶经历的风风雨雨。在陈列馆最里面的一面墙上，是对上千年来造船厂所有出厂船舶的概述：造船厂出厂的近10万只船舶当中，有6000只在大海中沉没，有9000只因为受伤严重不能再进行修复航行，有6万只船舶都遭遇过20次以上的大灾难，没有一只船从下海的那一天开始没有过受伤的经历……

现在，这个造船厂的船舶陈列馆，早已经打破了原来的意义，它已经成为西班牙最负盛名的旅游景点，成为西班牙人教育后代获取精神力量的象征。

教育提示

没有哪一只船是不会受伤的，没有哪一个人是不会遇到困难和挫折的。在人生的旅途中，总会遇到各种各样的困难，在经历这些困难的时候，我们难免会受到伤害。这都是正常的现象，这些伤痛会让我们更加坚强，让我们更加成熟。我们不能被困难所打倒，不要陷入伤痛中难以自拔，要知道，所有的人都会面临这样的困难，并不只有你一人是这样的。既然别人都有面对困难的勇气，为什么你没有呢？坚强地面对所有困难吧！

龙虾和寄居蟹

在变幻无穷的深海世界里,龙虾和寄居蟹是一对好朋友。

有一天,龙虾与寄居蟹在深海中相遇,寄居蟹看见龙虾正努力挣扎着从自己的硬壳里爬出来,感到非常奇怪:"喂,你在干吗呢?这不是你自己的硬壳吗?"

龙虾喘了口气,稍稍停顿一下,回答它说:"是啊,这是我自己的,可我现在必须要摆脱这个家伙。"

说完龙虾就继续忙活自己的,它的身体越来越多地从硬壳里露了出来,里面的身躯显得非常娇嫩。

寄居蟹看了非常紧张,它以为龙虾碰到什么想不开的事情了:"喂!龙虾,你是我的好朋友,我不能看你这么作践自己!你知道自己在干什么吗?赶快回到硬壳里去!"

龙虾微微一笑:"轻松点,伙计,我知道自己在干什么。等我完全从这里面出来再跟你好好解释一下。"

寄居蟹还是非常困惑:"龙虾,你怎么可以把唯一保

面对是一种勇气

护自己身躯的硬壳也放弃呢?难道你不怕有大鱼一口把你吃掉吗?以你现在的情况来看,连急流也会把你冲到岩石上去,到时你不死才怪呢!"

龙虾没有马上回答问题,它总算完全从硬壳里摆脱出来了,这才气定神闲地回答在旁边急得抓耳挠腮的寄居蟹的问题:"谢谢你的关心,但是你不了解,我们龙虾每次成长,都必须先脱掉旧壳,才能生长出更坚固的外壳,现在面对的危险,只是为将来发展得更好做准备。"

这话让寄居蟹感到心里有什么被触动了一下。是啊,同样生活在深海里,自己整天只是忙活着找可以避居的地方,而没有想过如何令自己成长得更强壮。这时候龙虾已经蜕皮完毕,自己优哉游哉地一扭一摆地游走了。寄居蟹只能望着龙虾自得其乐的背影,发出深深的一声叹息。

教育提示

不要总是想着逃避,我们应该勇敢地面对一切困难。只有经历了一次次困难的磨炼,我们才能越来越坚强,才能更好地面对下一次挑战。如果只是像寄居蟹一样想着逃避,不让自己变得更强,就会总是处于担惊受怕当中。

渴望就是力量

1858年,瑞典的一个富豪人家生下了一个女儿。这个女孩一出生,迎接她的就是锦衣玉食和家人倍加呵护的美好生活,一切都像童话里讲的那样。她就好像一位受人宠爱的小公主,等待她的将全是鲜花和赞美。

但不幸的是,不久这个孩子就患上了一种无法解释的瘫痪症,丧失了走路的能力。多方求医问药无法治疗后,她的父母几乎已经失去了希望。

一次,女孩和家人一起乘船旅行。女孩和保姆独自在甲板上看风景,热心的船长夫人注意到了这个安静而略显寂寞的孩子。她给孩子讲起了船长有一只天堂鸟,这只鸟不光名字动人,本身也非常漂亮耐看。在船长夫人绘声绘色的描述里,那个孩子被深深地吸引住了,她开始变得活泼起来,大声叫着:"哦!太迷人了!太太,请让我看看那只鸟好吗?"

"好的好的,"船长夫人满口答应着,"不过那只鸟在船长那里呢,要看也只能去找他。"小女孩用恳求的目光

面对是一种勇气

看着保姆："请您帮我去找船长好吗？"保姆连忙说："小姐，那你就在这里等着，我去给你找船长。"说着保姆就急匆匆地把孩子留在甲板上，到驾驶室去找船长了。

可没一会儿那孩子就等不及了，她向旁边的一个服务生请求道："先生，您能带我去找船长、带我去看天堂鸟吗？"

那服务生并不知道这个孩子身体有瘫痪，他很礼貌地答应了这个请求："好的小姐，请跟我来吧！"说完他很有礼貌地鞠了一躬，伸出手来准备在前面带路。

这时候奇迹发生了！孩子因为过度地渴望，竟忘我地拉住服务生的手，慢慢地走了起来。

令人难以置信的是，从此，孩子的病便痊愈了。女孩子长大后，又忘我地投入到文学创作中，最后成为第一位荣获诺贝尔文学奖的女性，也就是茜尔玛·拉格萝芙。

教育提示

当我们极度渴望做一件事情的时候，往往会忘了自己所面临的一切困难，变得更加勇敢。渴望能够赐予我们力量，让我们战胜困难，让我们能够朝着自己的目标一直前进。渴望能够引发奇迹，能够让看似不可能的事情变成可能。

狮子和公鸡

自从狮子被上帝封为森林之王后,每天过着养尊处优的生活。快乐的心情感染着整个森林里的成员。但是,最近,它家旁边搬来了一个新邻居——公鸡先生。公鸡很勤劳,每天天不亮,就开始鸣叫,清脆的声音扰醒了狮子的好梦。

一天,狮子沮丧地来到了天神面前:"天神啊天神,我很感谢你赐给我如此雄壮威武的体格、如此强大无比的力气,让我有足够的能力统治这整片森林。"

天神听了,微笑地问:"但是这不是你今天来找我的目的吧!看起来你似乎为了某事而困扰呢!"

狮子轻轻吼了一声,说:"天神真是了解我啊!我今天来的确是有事相求。虽然我的能力好,但是每天鸡鸣的时候,我总是会被鸡鸣声给吓醒。神啊!祈求您,再赐给我一个力量,让我不再被鸡鸣声给吓醒吧!"

天神笑道:"你去找大象吧,它会给你一个满意的答复的。"

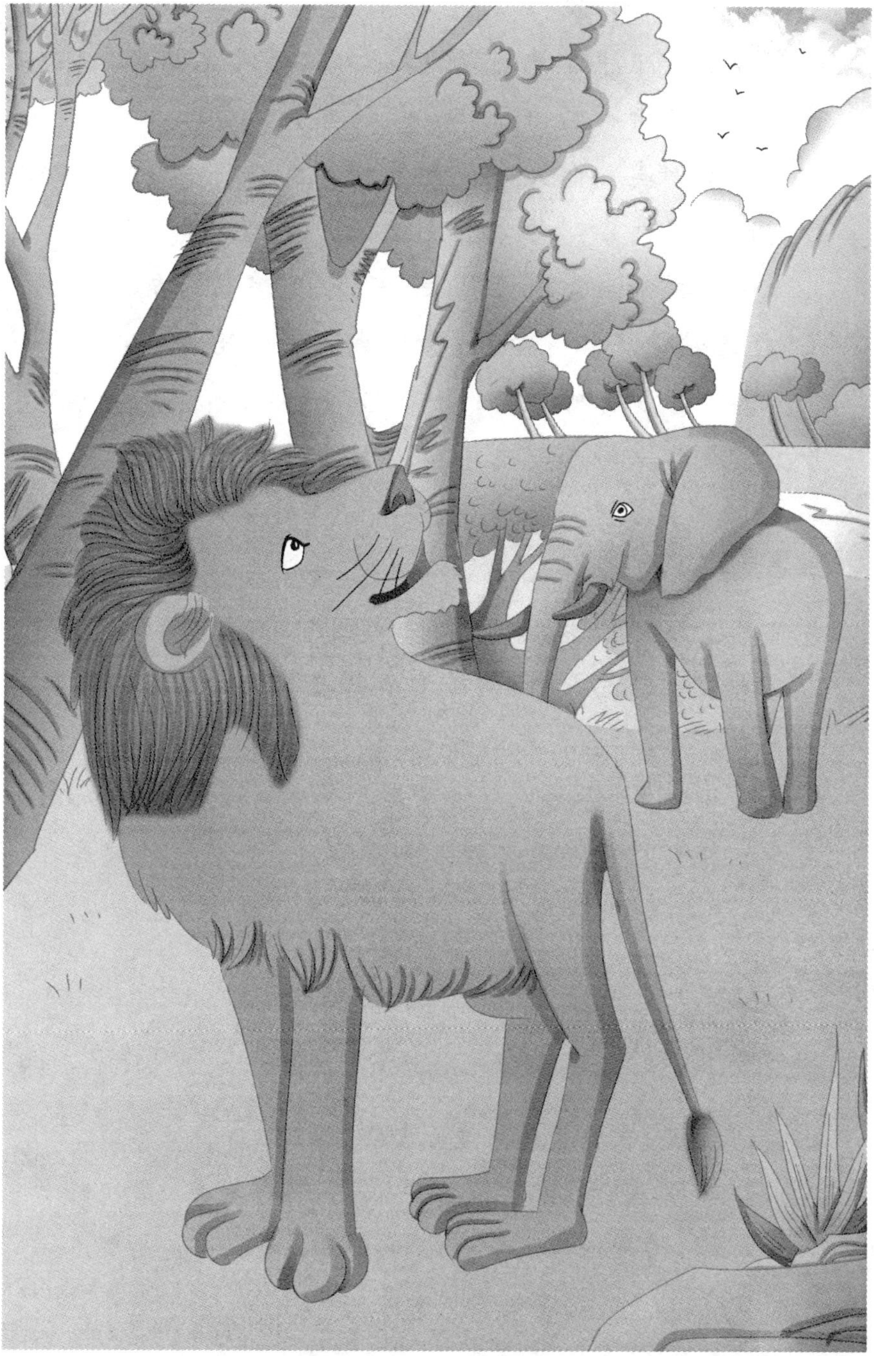

狮子兴冲冲地跑到湖边找大象，还没见到大象，就听到大象跺脚所发出的"砰砰"的响声。

狮子加速跑向大象，却看到大象正气呼呼地直跺脚。狮子问大象："你干吗发这么大的脾气？"

大象拼命摇晃着大耳朵，吼着："有只讨厌的小蚊子，总想钻进我的耳朵里，害得我都快痒死了。"

狮子并没有把自己的困扰告诉大象，而是悄悄地离开了。一路上狮子暗自想着："原来体形这么巨大的大象，还会怕那么瘦小的蚊子，那我还有什么好抱怨的呢？毕竟鸡鸣也不过一天一次，而蚊子却是无时无刻地骚扰着大象。这样想来，我可比他幸运多了。"

狮子一边走，一边回头看着仍在跺脚的大象，心想："天神要我来看看大象的情况，应该就是想告诉我，谁都会遇上麻烦事，而他并无法帮助所有人。既然如此，那我只好靠自己了！反正以后只要鸡鸣时，我就当作鸡是在提醒我该起床了，如此一想，鸡鸣声对我还算是有益处呢！"

教育提示

每个人都有自己困扰的事情，不要总将希望寄托在他人身上，因为有些事情别人也不能帮你解决。当我们遇到无法改变的麻烦事情时，我们可以改变自己的想法和心态，让麻烦的事情变成有益的事情。

两个水罐

有两个水罐,制作精良,看起来完美无缺。美中不足的是,其中一只水罐不小心裂了一条小缝。他们的小主人是个勤劳美丽的姑娘。每天,小姑娘都会带着他们去远远的溪边挑水。好水罐总能滴水不漏地把水运到主人家,而那个有裂缝的水罐呢,到达目的地时,里面常常只剩下半罐子水了。

好水罐非常得意,很为自己的成就骄傲,他常常昂着头,挺着胸,用一种不屑的眼光瞟向那个有裂缝的水罐。有裂缝的水罐又难过,又惭愧,觉得自己很没用,因为自己的残缺,让小主人每次都不能挑满整整两罐水,他恨不得钻到地洞里去。

这样挑了两年,一天,小主人又去挑水。在小溪边,有裂缝的水罐再也忍不住了,他说:"小主人,我实在太对不住您了。我想向您道歉。"

小主人大吃一惊:"你为什么要感到羞愧呢?为什么要向我道歉呢?"

破水罐答道："在这两年里，您一直对我很好，可每次您挑水回家时，水都从我的裂缝里漏了出来，害得您只能挑半罐水回家。您尽了最大的努力，而我，却没有让您得到您应该得到的回报。这一切，全都怪我！"

小主人听了，微微一笑："小水罐，一会儿我们回家时，你仔细注意一下你身下的土地，看看小路旁那些可爱的小花儿吧。"

他们沿着那条小路往回走，破水罐看见小路旁开满了美丽的小花，灿烂的阳光照耀着它们，一阵清风拂过，花朵儿跳起了愉快的舞蹈，这情景是多么美好啊！破水罐的心情不由自主地好了起来。可是，他不明白，这些花儿跟自己有什么样的关系呢？

小主人开心地笑了："难道你没有注意到，刚才那些美丽的花儿只开在你这边，而并没有长在另一个水罐那边吗？我早就发现你的裂缝了，并且利用了它。两年前，我在你这一边撒下了花种，每次当我们从小溪边回来的时候，走一路，你就浇了一路。你看，这些花开得多好啊，就是因为你的浇灌啊。现在我每天都能采些花儿去装饰我的小房间。如果没有你，我怎么会有这么多美丽的花朵来美化我的家呢？所以，你不应该感到自卑，因为我们大家都为你感到自豪呢！"

面对是一种勇气

教育提示

　　寸有所长,尺有所短。每个人都有自己的优点和缺点,不能只看到自己的缺点而妄自菲薄,更不要拿自己的缺点去和别人的优点比较。我们要清楚地认识到自己的价值,看到自己的长处,这样才有助于我们培养自信心。一个人总是看到他人长处,看到自己短处,就容易陷入自卑当中,无法正确认识自己。不能正确认识自己的人,自然也无法发挥自己的长处,无法最大地实现自己的价值。所以我们要对自己有自信,看到自己的长处,积极发挥自己的长处,扬长避短。

　　帮助他人能够让人感到快乐,因为你给予他们帮助,他人会感到快乐。而快乐会传染,自己也会觉得快乐。做一个乐于助人的人,你会觉得生活中充满了欢乐。

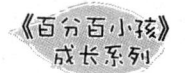

复明药方

很久以前，在一个偏僻的小山村里，住着两个盲人，年长的是师父，年幼的是徒弟。小山村很贫穷，也很荒凉，这里的村民在贫瘠的土地上种些粮食，一年一年，这样勉强能填饱肚子。

在这个贫困山村中，师徒两人没有任何生活依靠和经济来源，他们不得不外出谋生。师父弹得一手好琴，于是，他们四处流浪，走过了很多城市、小镇，靠弹琴为生。

那一年，师父70多岁，徒弟20多岁。这时，师父已经弹断了999根弦。

相传，师父的师父临终前对他说："我有一张祖传的复明药方，上面写着吃什么药，眼睛能重新看到东西。药方放在你的琴槽里，但是你必须要尽心尽力地弹琴，等到弹断第1000根琴弦的时候，才可以取出药方来。不然的话，再灵的药方也没有用。"

50多年来，为了实现复明的梦想、为了谋生，师父一直没忘他师父的话，认真而执着地弹琴。他所走过的

面对是一种勇气

每个角落都留下了优美的琴声，给别人带来了欢声笑语，同时自己也感到了满足。在他途经的一个小镇上，收留了现在的徒弟，并且教会了他弹琴。

终于有一天，师父弹断了第1000根琴弦。

当他取出琴槽中的药方，急切地到药店取药时，掌柜却告诉他："那是一张白纸！"

尽管他非常失望，但还是明白了师父的一片苦心。因为有这个药方，他才有了生存的勇气和希望。

后来，他又郑重地对徒弟说："我有一个复明的药方，放在你的琴槽里。记住，只有当你用心地弹断第1200根琴弦时，你才能打开它。"

据说，这个小徒弟也虔诚地向师父做了承诺，为了那个复明的希望和梦想，最终他活了100岁，可也没有弹断1200根琴弦。

教育提示

一个人无论处于多么糟糕的环境中，只要有着对生命的希望和梦想，就一定能够从困境中走出，能够将生活过得更加丰富多彩。要记住，无论面临怎样的困难，都不要失去生活的勇气。

明白自己的位置

从前,在一个饭店里,有一位厨艺高超的年轻厨师,他做的菜远近闻名,吸引了无数顾客。但是,他更希望做一名诗人。他写了许多吟风咏月的美丽诗篇,可是他却很苦恼,因为,人们都不喜欢读他的诗。

这到底是怎么一回事呢?难道是自己的诗写得不好吗?不,这不可能!他认为自己写得很好,自己都被感动了。于是,他去向一位充满智慧的长者——一位老钟表匠请教。

老钟表匠听后一句话也没说,从柜子里拿出一个小盒,把它打开,取出了一只式样特别精美的金壳怀表。这只怀表不仅式样独特,更稀奇的是,它能清楚地显示出星象的运行、大海的潮汐,还能准确地标明月份和日期。这简直太神奇了!

厨师爱不释手。他很想买下这块表,就问老人要卖多少钱。老人微笑了一下,只要求用这块表,换下青年手上的那只普普通通的表。

面对是一种勇气

厨师非常喜欢这块表,吃饭、走路、睡觉都戴着它。可是,过了一段时间之后,他渐渐对这块表不满意起来。最后,竟跑到老钟表匠那儿,要求换回自己原来的那块普通手表。

老钟表匠故作惊奇,问他对这样奇异的怀表还有什么感到不满意的。

年轻的厨师遗憾地说:"它不会指示时间,可表本来就是用来指示时间的。我戴着它不知道时间,要它还有什么用处呢?有谁会来问我大海的潮汛和星象的运行呢?这表对我实在没有什么实际用处。"

老钟表匠还是微微一笑,把表往桌上一放,拿起了这位年轻厨师的诗集,意味深长地说:"年轻的朋友,让我们努力干好各自的事业吧。你应该记住,怎样才能给人们带来用处。"

年轻的厨师听到老钟表匠的话,立刻醒悟了。从此以后,他踏踏实实地做厨师,为人们的生活带来了更多的欢乐。

教育提示 JIAOYUTISHI

一个人身处什么位置,就应该做在那个位置应该做的事情。不要总是好高骛远,想着做其他的事情,这样什么都做不好。

大 石 头

　　从前,有一户人家的菜园摆着一块大石头,宽度大约有50厘米,高约10厘米。到菜园的人,每次总会不小心踢到那一块大石头,不是跌倒就是擦伤。但是谁也没有想办法把它移走,他们都觉得这块石头非常非常重,肯定是搬不动的。

　　有一天,儿子在玩耍时又被绊了一跤,于是跑去气鼓鼓地对爸爸说:"爸爸,那块讨厌的石头,为什么不把它挖走呢?我都摔了好几跤啦!"爸爸笑了笑,回答道:"你说那块石头?从你爷爷那代起,它就放在那儿了。它的体积那么大,不知道要挖到什么时候,不如走路小心一点,还可以训练你的反应能力呢。"

　　又过了几年,这块大石头留到了下一代,当时的儿子娶了媳妇,生了孩子,当了爸爸。

　　有一天,媳妇气愤地说:"老公,菜园那颗大石头,我越看越不顺眼,改天请人抬走吧!"

　　爸爸叹叹气,无奈地说:"算了吧!那颗大石头很重

面对是一种勇气

的,可以搬走的话在我小时候就搬走了,哪会让它留到现在啊?"

媳妇心里非常不是滋味,那块大石头不知道让她跌倒过多少次了。"哼,我就不相信搬不动它!你们不搬,我搬!就是花再多时间我也在所不惜!"媳妇暗暗下定决心。

一天早上,媳妇带着锄头和一桶水来到了大石头前。只见她细细端详了一番,然后将整桶水倒在大石头的四周。十几分钟以后,媳妇用锄头把大石头四周的泥土搅松。

"可能要挖一天吧,管它呢,我才不怕。"媳妇早有心理准备,但是,谁都没想到的是,几分钟后,媳妇就把石头挖起来了。

媳妇看看大小,不禁哑然失笑:"这块石头并没有人们所说的那么重,也没有想象的那么大呀,都是被那个巨大的外表蒙骗了。"

教育提示

有些东西并不像我们看着的那么可怕,我们不能被事情的表象所迷惑。无论什么事情,我们都应该尝试之后再下结论,从来没有尝试,只是听别人的话就放弃去做是愚昧的行为。

大师的话

一位青年背着一个大包裹千里迢迢找到无际大师。

一见面,他就哭诉道:"大师,我是那样地孤独、痛苦和寂寞;长期的跋涉使我疲倦到了极点;我的鞋子破了,荆棘割破了双脚;手也受伤了,流血不止;嗓子因为长久的呼喊而喑哑……为什么我还不能找到心中的阳光?"

大师见包裹几乎和人一样大,便问:"你的大包裹里装的是什么?"

青年说:"它对我来说可重要了。里面是我每一次摔倒时的痛苦,每一次受伤后的哭泣,每一次孤独时的烦恼……靠着它,我才能走到您这儿来。"

无际大师没有作声,他带着青年来到河边,他们坐船过了河。

上岸后,大师说:"你扛着船赶路吧!"

"什么,扛着船赶路?"青年惊讶地问,"它那么沉,我扛得动吗?"

"是的,孩子,你扛不动它。"大师微微一笑,"过河

面对是一种勇气

时,船是有用的。但过了河,我们就要放下船赶路。否则,它会变成我们的包袱。痛苦、孤独、寂寞、灾难、眼泪,这些对人生都是有用的,但片刻都不忘记,就成了人生的包袱。放下它吧!孩子,生命不能负重太多。"

青年放下包袱,继续赶路,他发觉自己的步子轻松而愉悦,比以前快得多了。原来,生命是可以不必如此沉重的。

教育提示

生命中有太沉重的东西,如果我们将这些东西全都背负在肩上,那身上的担子也会越来越重,想要前行也就越来越困难。有时候,我们要懂得放下肩上的包袱,让自己轻松上路。

放下心中的不快,如果有人曾经辜负了你,也不要耿耿于怀。不要让这个人影响到你以后的生活,将他放下吧。如果做事失败了,将失败放下,不要让它影响你以后的成功。学着转化自己的情绪,特别是负面情绪,不一定要化悲愤为力量那么慷慨,把它看轻一点,看淡一点,变成你脚下的一朵小野花,也只是角落里的一处小风景。

无价之宝

有一个孤儿,不但每天食不果腹,而且常常受到别人的欺侮和嘲笑。因此,他觉得自己是世界上最不幸的人,没有亲人和朋友的关心和疼爱,也没有自己养活自己的能力,索性自暴自弃。

有一天,村里来了一位很有智慧的高僧,孤儿便跑去向高僧请教如何获得幸福。高僧指着地上一块丑陋的石头说:"你把它拿到集市去卖,但无论谁要买这块石头,你都不要卖。"孤儿很奇怪:"这石头也能卖吗?既然拿去卖,为什么别人来买却又不卖呢?"高僧微微一笑,说:"答案自然会水落石出,你先照我的吩咐去做吧!"

孤儿一脸茫然地来到集市,第一天,无人问津;第二天,还是无人问津;第三天,有人来询问;第四天,石头已经能卖到一个很好的价钱了。

孤儿兴冲冲地跑去向高僧汇报,高僧又说:"你再把石头拿到石器交易市场去卖,无论谁要买,无论出多高价钱,你都不要卖。"孤儿按高僧的话,又来到了石器交

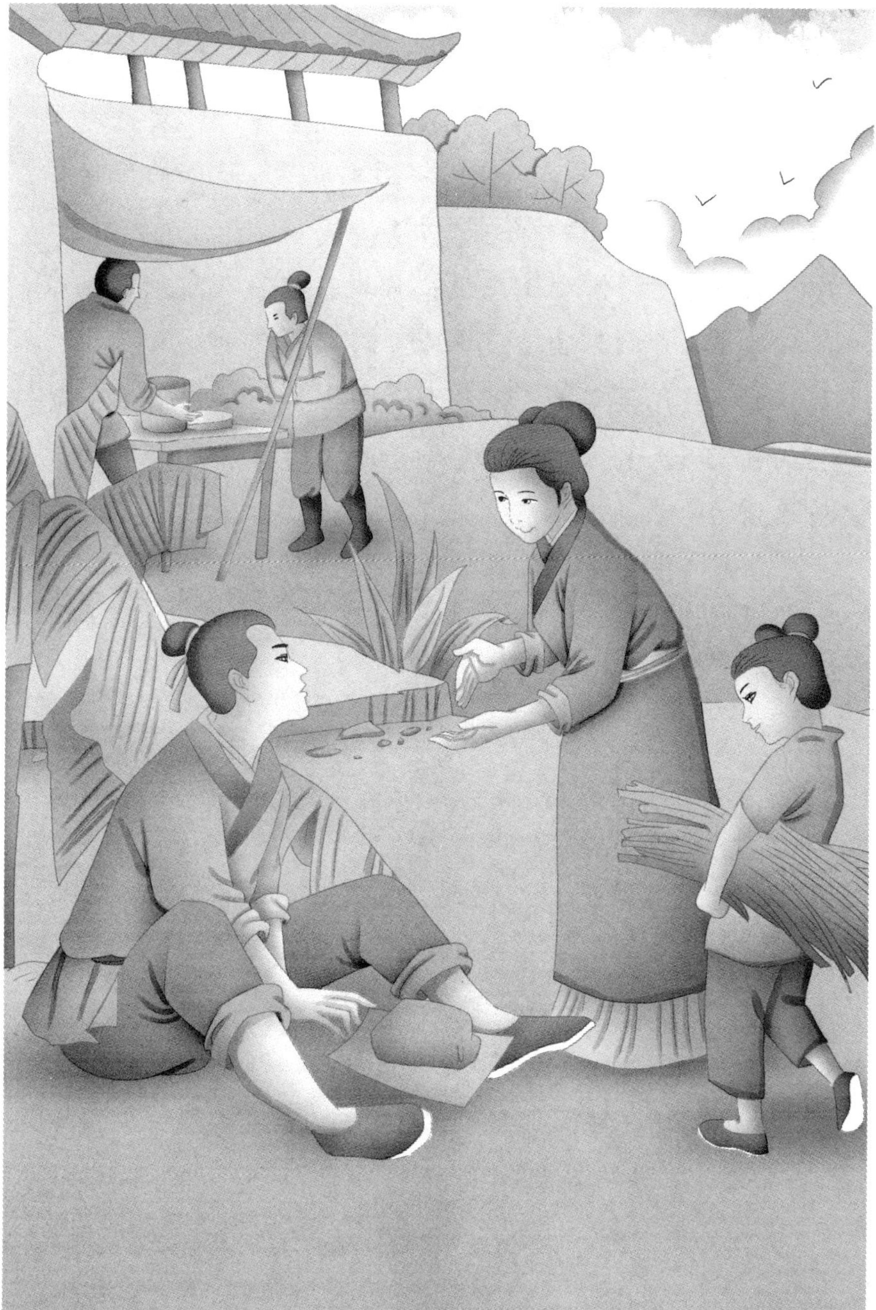

易市场。

第一天，人们视而不见；第二天，人们还是视而不见；第三天，有人围过来问；以后的几天，石头的价格已被抬得高出了石器的价格。

这时候，高僧对孤儿说："你现在把石头拿到珠宝市场去卖，不管顾客出多高价钱，你都不要卖。"

结果，几天之后，石头的价格被抬得高出了名贵珠宝的价格；几月之后，这块普普通通的陋石成了一块无价之宝。

教育提示

如果你认定自己是一块丑陋的石头，那么你就只能成为一块丑陋的石头。如果你坚信自己是一块无价宝石，那你就会成为一块无价宝石。一个人的价值出于一个人对自己的定位，相信自己能够成为一个有用的人，那自己一定能够成为一个有用的人。所以不要再自怨自哀了，如果连自己都不相信自己，让别人怎么相信你呢？所以，成功的第一步是相信自己。相信自己，你一定能够成为一块无价宝石！

面对是一种勇气

用尽所有力量

一个星期日的上午,小男孩在他的玩具沙箱里玩耍。

沙箱里有许多他心爱的玩具:玩具小汽车、敞篷货车、塑料水桶和一把亮闪闪的塑料铲子。在松软的沙堆上修筑公路和隧道时,他在沙箱的中部遇到了困难,他被一块巨大的岩石挡住了去路。

小男孩开始挖掘岩石周围的沙子,想把它从泥沙中弄出来。不过,他的年龄实在太小,而岩石却相当巨大。在挖松细沙后,他手脚并用,似乎没有费太大的力气,岩石便被他连推带操地弄到了沙箱的边缘。不过,这时他才发现,他再也没有办法将岩石向上滚动,使其翻过沙箱边墙。

小男孩咬咬牙,下定决心,手推、肩挤、左摇右晃,一次又一次地企图把岩石推出沙箱,可是,每当他刚刚觉得取得了一些进展的时候,岩石便滑脱了,重新掉进沙箱。

小男孩气得哼哼直叫,使出吃奶的力气猛推猛挤,但是,他得到的唯一回报便是岩石再次滚落回来,并砸伤了他的手指。

最后,他束手无策,伤心地哭了起来。这整个过程,男孩的父亲从起居室的窗户里看得一清二楚。当泪珠滚过孩子的脸庞时,父亲走出门来到了孩子跟前。

父亲的话温和而坚定:"孩子,你为什么不用上所有的力量呢?"

垂头丧气的小男孩抽泣道:"我已经用尽全力了,爸爸,我已经尽力了!我几乎用尽了我所有的力量!"

"不对,儿子,"父亲亲切地纠正道,"你并没有用尽你所有的力量。你没有请求我的帮助。"

父亲弯下腰,轻轻抱起岩石,简单轻松地将岩石搬出了沙箱。

教育提示

一个人的力量是渺小的,多个人的力量是巨大的。很多事情,一个人是无法完成的,或者对于当时的我们来说是难以完成的。我们要善于利用身边的力量,懂得利用一切能够利用到的力量。不要觉得向人求助是一件丢人的事情,能够得到他人的帮助,靠的也是自己的一种力量。

真刀真枪的游戏

电影《美丽人生》,讲述了二战期间发生在一对父子之间真实的故事。

一个善良憨厚、生性乐观的犹太青年,不幸被抓进了纳粹集中营里。他深爱着三岁的儿子,为了不让悲剧给孩子幼小的心灵蒙上一层阴影,他小心翼翼地哄骗儿子说:"孩子,我们现在来玩一个游戏,一个真刀真枪的游戏。"

儿子兴奋地问:"什么游戏啊?"爸爸回答:"谁的生命承受力强,谁就能得分,积分到了1000分,就可以得到一辆真正的坦克。"

儿子兴奋地答应了。集中营每天都有人被拉出去处决,每当儿子看到这些,爸爸就故作轻松地说:"他们积分不够,被淘汰了,我们领先了,一定要坚持下来。"在漫长的朝不保夕的煎熬中,父亲陪着儿子玩啊闹啊,好像真的是一场游戏。

终于有一天,父亲意识到战争即将结束,而自己也死到临头了。他算准哨兵换岗的时间，找个空隙把儿子藏在一个垃圾桶里，然后告诫孩子："等一会儿不管看到什么，都不要出声。我们的积分已达到了900分，过了这一关，你就可以拥有一辆真正的坦克了！"

儿子高兴地答应了，父亲被押解着走向死亡，经过垃圾桶时，他冲垃圾桶做着俏皮的鬼脸儿……过了好长时间，儿子听到轰隆隆的声音，他掀开垃圾桶盖，看到许多辆坦克开过来，高兴得又叫又跳："有坦克！我有坦克了！"盟军的坦克救走了这个孩子，可他的父亲已被杀害了。

教育提示

父母对孩子的爱是伟大的，他们愿意用一切方式来保护孩子幼小的心灵，不愿让孩子受到一点伤害。即使是牺牲自己的生命，父母也要为孩子谋划好出路。这就是父母的爱，令人感动的爱。我们要明白父母对我们的爱和希望，做一个懂得感恩，懂得关心父母的人。

战争是残酷的，它让许多幸福的家庭破碎，让许多人生死相隔，成为许多活着的人心中的阴影……我们要热爱和平，反对战争，珍惜今天美好而又和平的生活。

面对是一种勇气

煤炭和钻石的区别

　　桌上精致的宝盒里,摆放着一块光彩夺目的钻石,显得那么高贵而典雅。此时,在墙角的火炉边,同样凌乱地堆砌着一些煤炭,它们漆黑的外表与钻石实在是格格不入。

　　煤炭们望着精致宝盒里的钻石唉声叹气:"唉!和钻石相比,我们简直是一个天上,一个地下啊。为什么我们的命就这么贱呢?天生身体黑,天生没价值,天生这副德性,唉!可悲!"

　　钻石听了煤炭的话,心里很不忍,便开口安慰道:"同胞们,别难过了嘛!天生我材必有用,你们也是在发挥自己的作用啊。"

　　煤炭们一听立刻炸开了锅,七嘴八舌地回答:"同胞?不会吧!我们是同胞?嘿!嘿!我们可不像你天生好命,材质非凡,身价万千啊!别挖苦我们了!我们怎么可能是同胞?你还是过你的高贵日子去吧,不要在这里假惺惺地安慰我们了。"

钻石认真地回答道:"真的,我绝对没有骗你们,我们可是远房亲戚呢!咱们的成分都是'碳',难道不是同胞吗?"

煤炭们听了,更是叹息道:"天啊!老天真是不公平!本是同根生,为什么我们的命运就要差那么多呢?"

钻石微微一笑,慢慢地说:"有两个原因:第一是我在地底时承受到了很大的压力,才形成了今天的模样;第二,我能够静下心来,没有像各位那么早就急着出土,我选择在地下多待了好几千年,在这几千年里,我潜心修炼,所以我们后来的样子才会不同。我们同样都是碳构成的,但是由于这两个原因,我们的差异才如此之大!"

煤炭们听完了,都沉默了,原来自己的现在是由自己过去的决定所造成的。

教育提示

钻石之所以能够成为钻石,是因为它能够承受住巨大的压力,并且能够沉得住气。这告诉我们:不管做什么事情都要沉得住气,等待的时间越漫长,得到的东西也会越好。无论遇到什么困难,都要有良好的心理素质,承受住巨大的压力。承受的压力越大,你将变得越好。

坚持才能胜利

很久以前,在一座巍峨的高山下,住着四个很要好的兄弟。四兄弟在山下生活了十几年,可是谁也没有爬到山顶过,听老一辈人说这山特别高,从来也没有谁到过山顶。

这一天,四兄弟闲来无事,在一起聊天,突然有人提议道:"我们这几天没什么事情,为什么不试试看能不能爬到山顶呢?我们多带点干粮上去,每个人找不同的路往上爬,说不定能有一个人爬到山顶呢。"其他人都觉得这个主意不错,于是商量了一番,决定第二天早上四兄弟各自从东南西北四个方向同时开始往上爬,每个人随身除了干粮还带上一面红色的旗子,看谁能把自己的旗子插上山顶。

第二天一早,天刚蒙蒙亮,四个兄弟就开始从不同方向往山顶上爬了。

从南面上山的是老四,他最机灵,早发现南面的山势比较平缓,所以挑了从这面上山。老四很高兴地往上爬，开始觉得还挺轻松，可是越爬越累，中午，老四连抬腿的力气都没有了。他找了块石头坐下来，吃了点干粮，休息了半个时辰，继续往上爬。傍晚，老四实在走不动了，干粮也剩下不多，他决定放弃。于是把自己的旗子插在路边，一边啃着剩下的干粮一边往山下走。

从西面和北面上山的是分别是老大和老三，他们比老四坚持的时间也长不了多少，也是走到快天黑了便决定放弃了。他们也把自己的旗子插在路上就转身往回走了。

这三个兄弟回到家已经筋疲力尽，躺到床上就呼呼大睡，直到第二天中午。

这时候老二风尘仆仆地赶到家里，虽然一夜没睡，但他看起来很兴奋。

"你爬到山顶了？"三兄弟异口同声地问道。

"是啊。"老二点点头，开始很高兴地描述他在山顶看到的一览无余的景象。三兄弟羡慕地听着，有点后悔自己没有坚持了。老二又看看他们，补充了一句说："其实你们几个也快爬到山顶了，我在山顶往下看时看到你们插的旗子了，那边离山顶已经不远了，你们如果再坚持一会儿肯定能爬到顶的。"其他三个兄弟更惭愧了，他们互相看了看，心里暗暗想着，下次一定要坚持爬到山顶。

面对是一种勇气

教育提示

在通往成功的路上,我们会遇到许多困难和挫折,但是不管前面的路有多远,我们都应该坚持下去。坚持才是胜利,说不定你放弃的地方离胜利只剩一个拐角的距离,这样该有多可惜啊。

世界上最容易的事情是坚持,最困难的事情也是坚持。因为一个人不论他的条件怎样,只要他愿意坚持下去,就一定能够获得成功。一个人无论他有多么好的条件,只要他选择了放弃,就不会成功,而且往往能够坚持下去的人,只是那么一小部分人。想要实现自己的目标,就一定不能够放弃。坚持自己的梦想,朝着目标前进,再困难也不放弃,那么成功一定是属于你的。

100元的奖励

从前,有个贵族在农场巡视谷仓的时候,不小心将一块名贵的金表丢失了。这块金表是他家祖传的宝贝,对他很重要,于是,他对农场的人说:谁找到金表,赏给他100元。

100元不是个小数目,对于农场的人来说,可以买好多食物和生活用品。这个悬赏充满了诱惑力,人们开始在谷仓里翻天覆地地寻找金表。但是,谷仓内稻谷成山,一捆捆稻草随处堆放着,在这样的地方,寻找金表,有点像大海捞针。

时间很快过去了,太阳也慢慢落下了山头,还是没有人找到金表。抱怨声也开始此起彼伏。

有人说:"谷仓这么大,东西乱七八糟的,怎么可能找到呢?"

有人又说:"那么小的一块表,能找到,简直是天方夜谭。"

"这块金表根本找不到,还是算了,回家吃晚饭吧。"

大家拍拍身上的草屑,放弃了寻找金表,都离开了

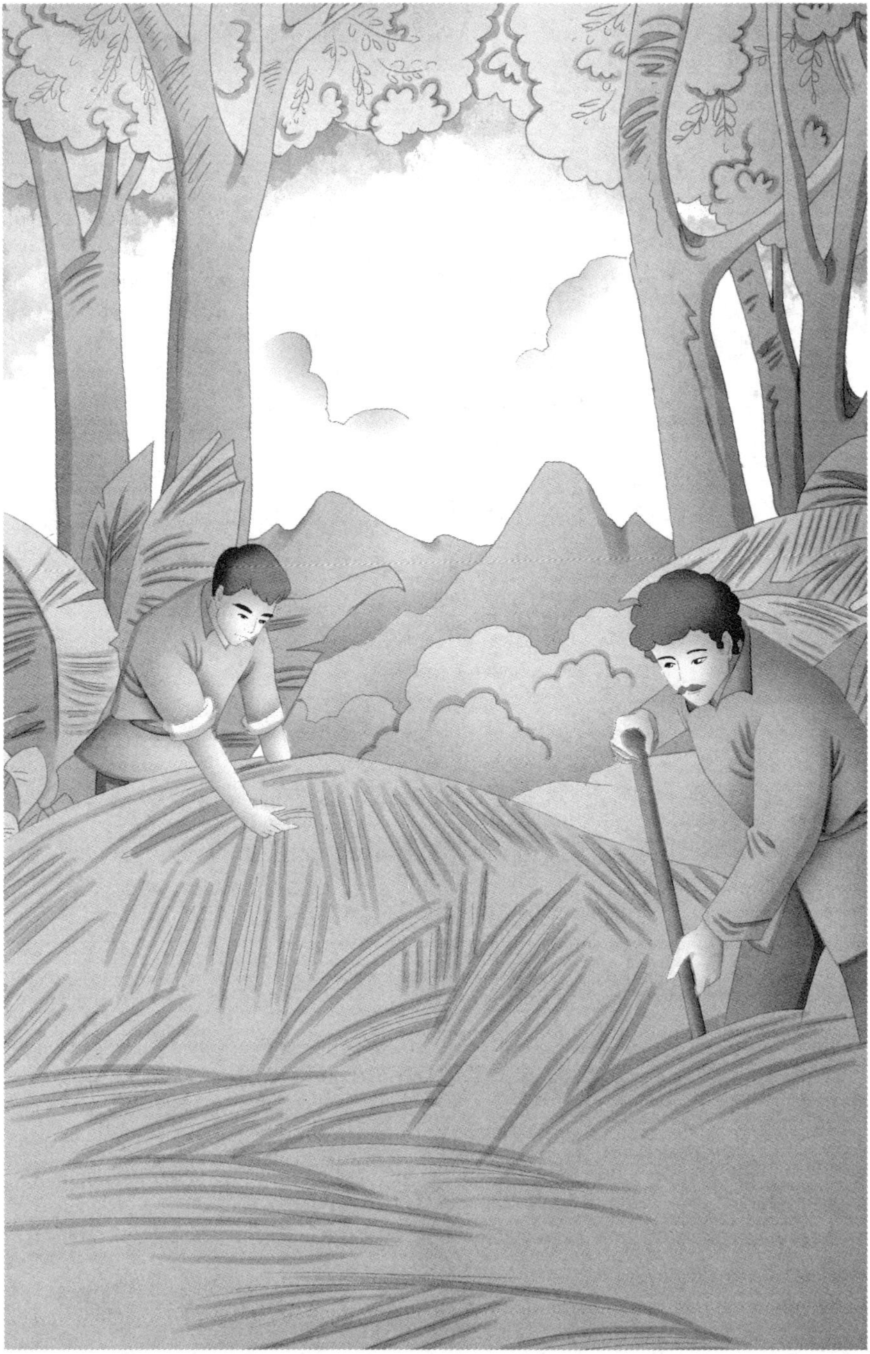

谷仓。

其中,一个小男孩,他的父亲死了,和体弱多病的母亲相依为命,日子过得非常贫困。他知道100元对自己和母亲的意义,能够让家人填饱肚子和给母亲看医生,所以他下定决心要找到金表,他把每一个谷粒和每一根稻草都翻开看看。在别人离开后,他仍然坚持寻找,虽然他已经整整一天没有吃饭,但是,他忍着饥渴,还是不肯放弃。

天越来越黑,谷仓里也变得越来越暗了。小男孩看东西有些困难了,他告诉自己静下心来,既然金表是在这里丢失的,就一定能找到,只要坚持寻找。

很多人都回家吃晚饭了,谷仓外面变得静悄悄的。这时,突然响起一个很美妙的声音"嘀嗒嘀嗒",小男孩停住了,谷仓内更加安静,那个声音越来越响,小男孩顺着声音找到了金表,得到了他梦寐以求的100元。

教育提示

成功往往是属于少数人的,因为只有少数人坚持不放弃。只有那些无论遇到怎样的困难,无论机会多么渺茫都不放弃的人才能获得成功。所以无论做什么事情,坚持下去吧,你会发现成功在离你很近很近的地方。

鉴真和尚

鉴真和尚对佛教很感兴趣，后来他到寺庙里出家修行。寺院里的老方丈见他聪慧又勤奋好学，十分喜欢他。老方丈想先让他接受一些磨炼，于是让他每天下山化缘。

化缘是一件非常辛苦的事情，无论晴天还是刮风下雨，都必须坚持下山，而且时常要遭受别人的白眼和讽刺，鉴真心里非常不平衡。

一天，他睡到很晚，还没有起床。老方丈觉得很奇怪，他来到鉴真的房间，叫醒他，问道："鉴真，今天怎么还没有出去化缘啊？"

鉴真伸伸懒腰，指着墙角一堆草鞋说："我才到寺院没有多少日子，就穿坏了这么多草鞋，我应该为寺院省些鞋子。"

老方丈明白鉴真是在抱怨，他抚着花白的胡须，微微一笑说："昨夜，下了一场大雨，你随我到外面的路上看看吧！"

鉴真跟在老方丈后面,来到寺院前的一条泥路上,老方丈望着路的远方,问鉴真:"你是愿意做一个普通的和尚,还是要做一个得道高僧,学成名立、弘扬佛法呢?"

"我当然希望自己成为一代名僧,发扬佛法。可是,现在我每天都出去化缘,怎么可能成为一名高僧?"

老方丈又说:"你昨天回来的时候,看到自己走过的脚印吗?"

"这条路这么平坦,怎么可能会看到呢?"鉴真老实地说。

老方丈笑笑:"那么,今天呢,你看看路人行走,是否留下了脚印?"

鉴真说:"有的。"

老方丈意味深长地说:"平坦的道路是不可能走出脚印的,只有泥泞的路才会留下足迹。一个碌碌无为的人,走过一生,回头发现,自己所走过的道路,都是踩在平坦的大道上,没有留下任何痕迹;而那些走在泥泞中,经历风吹雨打的人,他们越行越远,每一个脚印都证明了他们的人生价值。"

从此,鉴真一心一意地做着苦行僧,最后,将中国的佛教文化弘扬到日本。

面对是一种勇气

教育提示

  当我们回顾自己的一生时,有的人发现这一生碌碌无为,什么都没有留下;而有的人发现自己的这一生虽然过得辛苦,但是却无比精彩。不要羡慕那些生活安逸的人们,虽然他们没有经历挫折,但是当他们回首一生时,会发现这一生没有什么值得回忆的事情。而那些过得坎坷的人,在经历了许多风风雨雨之后,再回首时,会发现这一生没有白白虚度。

  生活中,当我们觉得生活艰辛时,那是因为我们在走上坡路。虽然日子艰辛,遭遇了许多磨难,但是我们在进步,在朝着好的方向前进,朝着自己的目标前进。

勇敢承担责任

有一个小男孩,出生于一个普通的鞋商家庭,父母虽然是普通的阶层,却懂得如何引导孩子更好地成长。在物资上,父母没有提供给他最优厚的生活,但是,时时给予他最好的教育。

小男孩很小的时候,像许多男孩子一样,非常喜欢各种体育活动,尤其喜欢踢足球。而且小小年纪,就表现出过人的才华和天生的领袖才能。后来上学之后,他是学校里各项体育比赛的主力,每次和小伙伴一起玩耍,任何事情总是由他来拿主意。

一次,在家门前的草坪上,他领着一些小伙伴一起踢足球。在运动场上,小男孩自然是主力了,他将整个赛场带动起来,赛场非常热闹。

突然,不知道是谁,一不小心一脚将足球踢飞了,将邻居家的窗户玻璃砸碎了。小伙伴们见闯祸了,一哄而散。

小男孩站在原地,心里想着自己是否也要走,但是,他想起父母曾经给他的教育,要求他做任何事情,都要

面对是一种勇气

有勇气承担责任，于是，他留下来了。

邻居很快发现玻璃碎了，要小男孩赔偿15美元。小男孩一时傻了眼：15美元，对自己来说是个天文数字，自己哪来这15美元呢？他只得回家，和父母商量怎么办，他如实向父母说明情况，请求给他15美元。

父亲和蔼而又严肃地对他说："一个勇敢的人，要为自己的行为承担责任，15美元，我只是暂借给你。但一年后，你必须还给我！"

这个小男孩非常不乐意，但想到这是自己闯的祸，自己应该承担责任。他做报童、送奶，帮妈妈清理院子，非常努力地工作。不到半年，就挣足15美元，还给了父亲。

父亲欣慰地对他说："孩子，一个敢为自己过失负责的人才有出息！"

这位小男孩就是里根，后来成为美国总统。在他连任两届总统期间，美国经济稳步发展。

教育提示

人在成长的过程中，或多或少会做错事情。犯了错并不可怕，可怕的是我们没有承担责任的勇气。没有勇气承担自己责任的人，不能直面自己的错误，不能改正自己的缺点，也不可能成为一个有出息的人。

看到自己的优点

乡下的农场非常美丽。在夏季里，小麦是金黄的，青草是绿油油的，农场周围有几条清澈的小溪。屋边，全爬满了牵牛花，郁郁葱葱的，将夏季点缀得充满清凉。

农场里养着好多牛，还有四只小羊、一些母鸡和公鸡，另外还有一只猫儿是农场女主人的宠物。

四只小羊，其中三只是小白羊，剩下那只通体是黑色的。小白羊常常因为有雪白的皮毛而自豪，经常唱着赞美自己的歌儿："美丽的小白羊，雪白的外衣，我们是主人的骄傲……"而对那只小黑羊非常瞧不起："你自己看看身上像什么，像背了一块乌云。""依我看呀，像钻进了烧炭场里了。哈哈！""看起来就好脏，还是离我们远一些！"

不仅小白羊，连母鸡、公鸡、那只猫也都瞧不起小黑羊，不和他一起玩耍，还讥笑他。女主人常常给它吃最差的草料。小黑羊也觉得自己低人一等，无法和那三只小白羊相比，伤心得独自流泪。不过农夫常常安慰和鼓

面对是一种勇气

励小黑羊:不要难过,因为你有别人所没有的优点。

初春的一天,小白羊心情很好,带上小黑羊一起出去吃草,他们玩得尽兴,走出农场很远,不料突然刮起了大风,天空飘起鹅毛大雪。他们想等着风雪过后再回家,于是躲在灌木丛中,相互依偎着取暖……不一会儿,雪花越下越大,灌木丛和周围全铺满了雪。他们打算回家,却迷路了,只好挤作一团,等待农夫来救他们。

很快,农夫发现四只小羊还没有回家,便立刻出去找,但望眼四处都是白茫茫一片,哪里有小羊的影子呢?正在这时,农夫突然发现远处有一个小黑点,便快步跑去。到那里一看,果然是他那冻得瑟瑟发抖的小羊们。

农夫抱起小黑羊,感慨地说:"小黑羊呀,你看自己的作用多大啊!多亏有你,不然,大家可都要冻死在雪地里了!"

教育提示 JIAOYUTISHI

每个人都有自己的优点,不要只看到自己的缺点而看不到自己的优点,正确地认识自己,有助于自己变得更加自信。在与人交往的过程中,我们也要善于发现他人的优点,并善于向他人学习。

改变心态

一位名叫塞尔玛的妇女为了能够和丈夫在一起,陪同丈夫驻扎在一个沙漠的陆军基地里。

一次,丈夫所在的部队奉命到沙漠里去演习,她一个人被留在陆军的小铁皮房子里。当时正值酷夏,加上在缺水的沙漠,天气热得让人受不了。塞尔玛没有人可以谈天——在她周围只有墨西哥人和印第安人,而他们不会说英语。

她难过极了,于是就写信给父母,说要丢开一切回家去。很快,她收到了父亲的回信。父亲的信中只有短短的两行字:"两个人从牢房的铁窗望出去,一个看到泥土,一个却看到了星星。"

读了父亲的来信,塞尔玛因感受到了父亲的良苦用心而觉得惭愧万分,她明白了父亲的意思。她放弃了回家的念头,决定要在沙漠找到属于自己的星星。

塞尔玛开始主动和当地人交朋友,她对他们的纺织、陶器表现出了极大的兴趣,他们就把自己最喜欢的纺织品和陶器送给她。塞尔玛开始研究那些引人入迷的仙人掌和各种沙漠植物，观看沙漠日落，还研究海螺壳，这些海螺壳是几万年前当沙漠还是海洋时留下来的……

一段时间后，塞尔玛感觉原来难以忍受的环境变成了令人兴奋、流连忘返的奇景。塞尔玛为身边一切的改变兴奋不已，并因此写了一本书，以《快乐的城堡》为书名出版了。

是什么使塞尔玛的内心发生了这么大的改变呢？

沙漠还是原来的沙漠，印第安人也没有任何改变，唯一改变的只是塞尔玛的心态。一念之差，使她把原先认为恶劣的情况变为了一生中最快乐、最有意义的冒险，塞尔玛找到了属于自己的星星。

教育提示

很多时候，我们无法改变自己所处的环境，我们可以尝试着改变自己的心态，试着去接受自己周围的环境。转变自己的心态，让自己看到身边好的一面，重新点燃对生活的热情，让自己的生活变得更加丰富多彩。心态非常重要，一念之差可以让你将恶劣的情况变成快乐的经历，让你有一次美好的体验。

柏树妈妈的溺爱

风伯伯来到森林里,它有很重要的任务要完成。树妈妈们都在叮嘱着自己的孩子,因为她们就要送树种子们跟着风伯伯去远方扎根生长了。

柏树妈妈一个个地嘱咐着孩子们该注意些什么,到最小的孩子时,柏树妈妈犹豫了。

"妈妈,你别难过,我已经长大了,就让我跟着风伯伯去远方扎根吧!"小柏树种子兴奋地对妈妈说。

"孩子,你最小,妈妈实在不放心啊!"柏树妈妈担心地说。

这个时候,风伯伯已经开始催促了:"该上路了,该上路了。"

树种子们纷纷和树妈妈告别,跟上了风伯伯向前的步伐。

小柏树种子蠢蠢欲动:"妈妈……"

"不,孩子,你一旦离开了妈妈的照顾,离开了周围叔叔阿姨的保护,是长不好的,还是留在妈妈身边吧。"

面对是一种勇气

小柏树种子没有办法,嘬了嘬嘴,扎进了妈妈脚下的泥土里面。而它的哥哥姐姐们,都随着风伯伯离开这片森林,到远处的开阔地去扎根了。

春天终于来了,小柏树种子从泥土里钻了出来。它抬头望望妈妈高大的身躯,心想:幸亏没有离开妈妈啊,看着妈妈,就觉得很安全。

下大雨了,妈妈挺直了腰杆,就像伞一样挡住了很多的雨水,小柏树就像住在温室里一样温暖。刮大风了,叔叔阿姨们包围着小柏树,大风对于小柏树来说成了轻轻的微风,所以他安然无恙。

小柏树心想:我真是幸福啊,如果我像哥哥姐姐们那样,跟着风伯伯去了远方,遇到风雨我可怎么办啊?

小柏树要长大,需要阳光和雨露,但是当它想迎接这一切的时候,发现已经被妈妈的高大身躯遮住了。小柏树要长高,需要从土壤中吸收养分,可是当它去努力的时候,发现已经被叔叔阿姨们吸收走了。

一年过去了,又一年过去了,小柏树怎么也长不成一棵大柏树。

有一天风伯伯路过,小柏树看到了,就大叫:"风伯伯,风伯伯,你好吗?"

风伯伯很奇怪:"你是?"

"我是小柏树啊,那年你带走了我的哥哥姐姐,只有我留在了妈妈身边。"

"是你啊,怎么你还没有长大啊?你的那些哥哥姐姐,都已经长成参天大树了!"

小柏树听到这里,很难过:"我就是因为整天都在妈妈的保护下,所以才长不大!"

教育提示

小柏树无法长大是因为一直躲在妈妈的怀抱里,孩子无法独自面对生活中的挫折是因为躲在父母的怀里。父母爱孩子是没有错的,但是过多的爱对孩子来说就是一种负担。如果父母总是担心孩子受到挫折,帮他将所有事情都安排好,帮他将所有困难都解决好,那么孩子长大离开爸爸妈妈的怀抱之后,就没有办法独自处理生活中的挫折,没有面对困难的勇气。父母对孩子最好的爱应该是适时地放手,让孩子自己去面对生活中的挫折和磨炼。虽然他们会遭受一些打击和伤害,但是他们在这些困难中逐渐成长起来,即使离开父母,也能够独当一面。

坚持理想

这一届的学生又要毕业了,木村老师给同学们布置了一个作文题目——《我的理想》。

"我想做一个医生!"

"我要做一个科学家!"

"我要做一个老师!"

大家的理想可谓五花八门。在这些文章里面,有两篇文章引起了木村的注意:一篇文章是家里最穷,还患过小儿麻痹症的石野写的;另一篇是班里学习成绩最差的冈田写的。

石野在文章中写道:"我的身体不好,但是对服装裁剪很感兴趣,我的一个亲戚是做裁缝的,我想,毕业以后到他那里学习裁剪,只要自己努力,应该可以做得很好。我希望自己成为一个一流的裁缝!"

冈田的文章是这样写的:"我的父亲是一名理发师,虽然在我出生前他就去世了,但是,我听说他是一名出色的理发师,我将来也想做一名出色的理发师!"

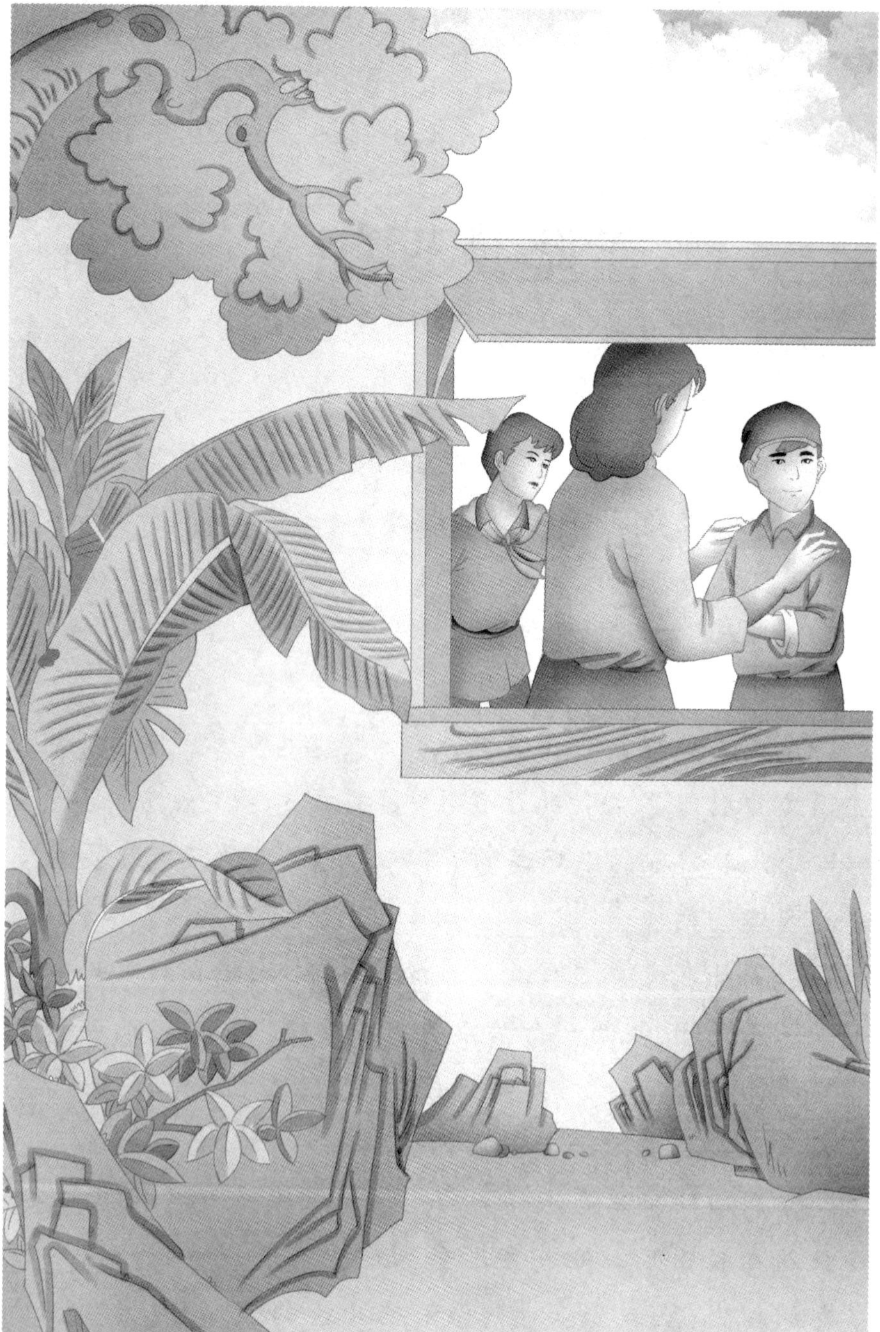

面对是一种勇气

看了这两篇文章,老师欣慰地笑了。他高兴地想:这两个孩子虽然不起眼,但是,他们对未来都有很好的理想。说不定,他们会成为很出色的人呢。

毕业典礼结束的那天晚上,石野和冈田不约而同地到了老师家里。对着慈父般的木村老师,他们又说起了自己的理想。

石野举起了小拳头,他的脸因为激动而变得红扑扑的:"老师,我明天坐3个小时的火车到东京,不久,我就是一个裁缝了。"

"老师,我决定明天就去仙台,去那里学习理发。"冈田信心百倍地说。

老师看着他们充满信心的小脸,忍不住笑了:"你们都朝着自己的方向努力,这非常好。记住,不论遇到什么困难,都不要气馁。"老师的话语重心长,两位少年都重重地点头,把它深深地记在脑子里。

时间一天天过去了,石野和冈田都在各自的岗位上遇到了各种各样的困难,但是他们一想到老师的话,一想到自己曾经的誓言,就咬咬牙坚持了下去。时间久了,他们精湛的技艺被越来越多的人所认可,他们也成了东京最有名的裁缝和理发师。

教育提示

　　每个人都有理想，拥有理想是一件简单的事情，但是想要实现理想却不是一件容易的事情。在追逐理想的过程中，我们会遇到许多挫折和困难。也许有的人会选择放弃，一旦放弃了他的理想也就无法实现。想要实现理想，必须要坚持。也许坚持起来非常困难，但是只要你心中常记着你的理想，对未来怀有希望，咬咬牙，坚持下去，终有一天，你会实现自己的理想。

　　其实，在追寻理想的过程中。坚持与放弃各占50％，永远只在一念之间，很多的错误在一念之间铸成，很多的成功也是一念之间注定。只要比那50％多一点的坚持，你就能获得成功。所以，当你想要放弃的时候，记住那多出的一点，再给自己多一点鼓励，坚持下去吧。

昂起头来

12岁的珍妮是个总爱低着头的小女孩，因为她一直觉得自己长得不够漂亮。在家里她常常做"隐形人"，以为自己是最不被爸爸妈妈看到的老二，漂亮的姐姐和活泼的弟弟常常占据了爸爸妈妈的大部分爱心；在学校，她从来不举手主动发言，是个很容易被老师和同学们忽略的学生。

有一天早上，她在上学的路上到饰物店去买了只绿色蝴蝶结，店主不断赞美她戴上蝴蝶结很漂亮，珍妮很高兴，因为从来没有人如此热烈地夸她漂亮。她开心地在镜子前照来照去，不由自主地昂起了头，终于，她发现自己戴着那个蝴蝶结的确很漂亮。于是，珍妮买下了蝴蝶结，她是那么急于让大家看看，以至于出门时与人撞了一下都没在意。

珍妮昂着头走进教室，迎面碰上了她的老师，"嗨，珍妮，你昂起头来真美！"老师爱抚地拍拍她的肩说。"嗨，珍妮，你昂起头可真漂亮。"周围的同学都主动和她打招呼，一个个带着诚恳的笑脸。

下午放学了，珍妮昂着头回到家里。"嗨，珍妮，我的宝贝，你今天昂起头来真是美丽。"爸爸妈妈看到她，非常亲热地赞美并拥抱了她。

那一天，珍妮得到了许多人的赞美，她想一定是蝴蝶结的功劳。晚上，回到自己的房间，珍妮立刻开心地跑到镜子前去照，啊，她大吃一惊，原来头上根本就没有蝴蝶结，她想了半天，终于想起来，一定是出饰物店时与人那一撞给弄丢了。

既然没有蝴蝶结陪伴，那她今天有什么特别的地方，让大家都这么赞赏她？她从老师，到同学，到爸爸妈妈，一个一个地回忆，发觉他们有一个共同点，都说了"你今天昂起头来"，啊，原来秘密就在这里！

JIAOYUTISHI 教育提示

自卑的人总是特别敏感，认为自己不如别人，这就导致他无法正确地认识自己。无法正确认识自己，就看不到自己的优点，甚至连别人的表扬都当成一种讽刺，这样的心理是非常不健康的。首先我们要建立起自信，找到自己身上的长处，对自己产生认同感，你会发现其实自己很优秀。

勇于探索

有一位母亲盼星星盼月亮,只盼自己的孩子将来能够成才。一天,她带着五岁的孩子找到一位著名的化学家,想让孩子了解一下这位大人物是如何踏上成才之路的。问明来意后,化学家没有向她历数自己的奋斗经历和成才经验,而是要求他们随着他一起去实验室看看。

来到实验室,化学家将一瓶黄色的溶液放在孩子面前,看他如何反应:孩子好奇地看着瓶子,显得既兴奋又不知所措。过了一会儿,他终于试探性地将手伸向了瓶子。这时,他的背后传来了一声急切的断喝,母亲快步走到孩子旁边拉住了他,孩子吓得赶忙缩回了手。

这时化学家哈哈大笑起来,他对孩子的母亲说:"我已经回答你的问题了,希望你对孩子能否成才有个新的认识。"母亲疑惑地望了望化学家,不明白他的用意何在。

化学家漫不经心地将自己的手指放进溶液里,笑着说:"其实这不过是一杯染过色的水而已。当然,你的一声呵斥出于本能,但也可能就此少了一个天才。许多父母都容易犯下同样的错误,他们总是害怕危险,从而约束了孩子的好奇心。于是孩子们也就习惯于接受现状,不敢去探索创造。记住,经验并不可怕,哪怕是痛苦的经验,可怕的是没有经验。"

教育提示

　　父母希望孩子成才,但是他们又害怕孩子受到伤害,阻止孩子对这个世界进行了解。殊不知这样的做法约束了孩子的好奇心,让他们习惯去接受这个世界的一切,接受父母告诉自己的话,对所有东西都不再有好奇心。这样的人,只会甘于平庸,最后成为一个默默无闻的人。

　　不要约束孩子的好奇心,不要害怕让他们受到伤害。即使是痛苦的经验,也能给孩子带来帮助,就怕孩子一点经验都没有,靠着父母教导的一切生活。勇于探索,勇于发现,积极思考,这样才能朝着成功的方向靠近,最终为人类做出贡献。

成功宜晚不宜早

在20岁以前,几乎每个人都差不多,差别很有限。但在20岁以后,有的人进步很快,有的人进步很慢,所有的变化几乎都是在20岁以后,20岁就是一个人进入工作职场的年龄。他会在工作中成长,会以他的领导作为模仿的对象。所以,一个领导者其实有两个责任:一个就是教育他,要求他,让他不断成长;一个就是给他机会,让他好好表现,这才是人性化的管理。

员工会不会成长,就看他有没有一个好的领导。所以,一个好的领导的最大责任,就是让你的员工都能够很顺利地成长,这是最大的功德了。你让他赚到钱,其实是在害他,因为一个人成功得太早了,他的后半辈子会非常辛苦的。

年纪轻轻怕什么失败?失败了爬起来再来。所以我们现在许多人的观念很差,总认为不到三十岁就当总裁,那是一件了不起的事情。其实我每次看到人家的名片,很年轻就当总裁,我真替他担心,他下半辈子怎么过呢？我不知道，当然他可以撑，但是要撑那么久，很辛苦。如果50岁才当总裁的话，他再了不起也就撑个十几年，那还是可以的；你二十多岁就当总裁，要撑三四十年，那是很累的。因此，与其早成功，真的不如晚成功。一个人最可爱、最可贵的感受，是在不断成长的过程中体验到的，这也叫中道。

教育提示

  我们往往希望能够早点成功，早点取得令人骄傲的成绩。但是有没有想过，成功之后的我们又该做些什么？成功太早的人，下半辈子总是过得比较辛苦。

  早成功不如晚成功。在经历了许多挫折和磨难之后的成功，远比一下子就获得的成功更加让人喜悦，更加可贵。人们总是不太珍惜轻而易举得到的东西，反而是那些历经千辛万苦得到的东西更显得珍贵。所以，晚一点到来的成功，会更让人珍惜。

  当我们还年轻的时候，永远都不要害怕失败。失败不可怕，从头再来就好。我们可以在这个重复的过程中反复总结经验，不断地成长起来。

换个角度想问题

现在电脑与我们的生活息息相关,但今天使用的键盘上,字母排列的方式并不是很科学,为什么那些新推出的键盘排列样式却得不到推广呢?这恰恰说明了习惯的力量有多么强大。

在19世纪70年代,肖尔斯公司是当时最大的专门生产打字机的厂家。由于当时机械工艺不够完善,使得字键在击打之后的弹回速度较慢,一旦打字员击键速度太快,就容易发生两个字键绞在一起的现象,必须用手很小心地将它们分开,从而严重影响了打字的速度。为此,公司常常会收到客户对于这一问题的投诉。

后来,有一位聪明的工程师提议:打字机绞键的原因,一方面与字键的弹回速度有关,另一方面呢,也跟打字员的击键速度太快有关,既然我们无法提高字键的弹回速度,为什么不想法降低打字员的击键速度呢?这个办法得到了大多数人的赞同,那么怎样降低打字员的击键速度呢?最简单的方法就是打乱26个字母的排列顺序,把比较常用的字母放在较为笨拙的手指下,而把那些不常用的字母放在比较灵敏的手指下面,比如字母A是使用频率比较高的字母,但却把它放在了左手的小指下面,同样的道理,V、R、U等这些使用频率较低的字母却由最灵活的食指来操控。后来呢,由于材料工艺的发展,字键的弹回速度远远大于打字员的击键速度了,可是当时打字机的键盘字母排列顺序,直到今天还在被我们广泛使用着。

在生活的旅途中,我们总是经年累月地按照一种既定的模式运行,从未尝试走别的路,这就容易衍生出消极厌世、疲沓乏味之感。换个位置,换个角度,换个思路,也许我们面前是一番新的天地,可以看到许多别样的人生风景,甚至可以创造新的奇迹。

教育提示

在生活中,我们常常按照一种生活模式生活,并且习惯之后就不愿意改变,不愿意再尝试另外一种生活方式。这也会导致我们思考问题按照一种思维模式去思考,而不愿意再换一个角度去思考。其实换一个角度,换一个思维去思考问题,你会发现原来看似复杂的问题没有那么麻烦,解决问题的办法一下子就有了。

卫生纸巾的发明

在20世纪初,美国史古脱纸业公司买下一大批纸,因为运送过程中的疏忽,造成纸面潮湿产生皱纹而无法使用。

面对一仓库将要报废的纸,大家都不知道如何是好。在主管会议中,有人建议将纸退还给供货商以减少损失,这个建议几乎获得所有人的赞同。

亚瑟·史古脱却不这么想,他认为不能因为自己的疏忽而造成别人的负担。经过一段时间的思考与反复实验,最后,他决定在卷纸上打洞,让纸容易撕成一小张一小张的。

史古脱将这种纸命名为"桑尼"卫生纸巾,把它们卖给火车站、饭店、学校等处。这些地方把卫生纸放置在厕所里。意想不到的是,这种卫生纸巾因为相当好用而大受欢迎。如今,卫生纸已经成为人们日常生活中不可或缺的物品。

滔滔商海,处处都会遇到障碍、遭受挫折,战胜困难的方法并不一定要投入大量的人力、物力、财力,有时只要拍一拍脑袋,换一种思维方式,问题就会迎刃而解,财富就会滚滚而来。

教育提示

  人生的路上总会遇到一些不如意的事情,这个时候切记不可钻牛角尖,这样只会让你陷入绝望之中。如果能换个角度看问题,你就会发现在困境之中也有希望,你会找到解决问题的好办法。那些看似麻烦的问题,也能够一下子迎刃而解。改变固有的思维,换一个角度去思考,另辟蹊径,你会看到事情的另一面,也能找到解决问题的另一种方法。

  在看待自己的问题上,也要学会换一个角度来看自己。你在一件事情上面没有天赋,但却很擅长另外一件事。换一个角度看待自己,更加全面地了解自己,在全面认识自己的过程中不断进步。

面对是一种勇气

跳出小鱼缸

我的一位同学，大学毕业时找了份很不错的工作，在山东的一家私营企业做经理助理，年薪三万多，这在我们毕业时已经是很好的工作了。

毕业后，大家各奔东西，彼此间的联系也少了许多，直到毕业一年后忽然有了他的音讯时，才知道他已辞掉工作半年多了。惊诧之余，便千方百计打听他的电话，然后便给在上海的他拨了通电话。

寒暄两句后我便直奔主题，问他放着那么好的工作不好好干，干吗要辞职。

他先是停了一会儿，然后说谢谢老同学的关心，最后他给我讲了个故事。

他说他做经理助理时，有一次想给经理的办公室弄一点儿情调来，就在外面买回四条小金鱼。小金鱼刚买回来的时候，活蹦乱跳的，非常可爱，可是第二天早上上班时，其中一条就翻着肚皮浮在水面上了。接着，第三天，又有两条死了，叹惜之余也就作罢。不料，过了几

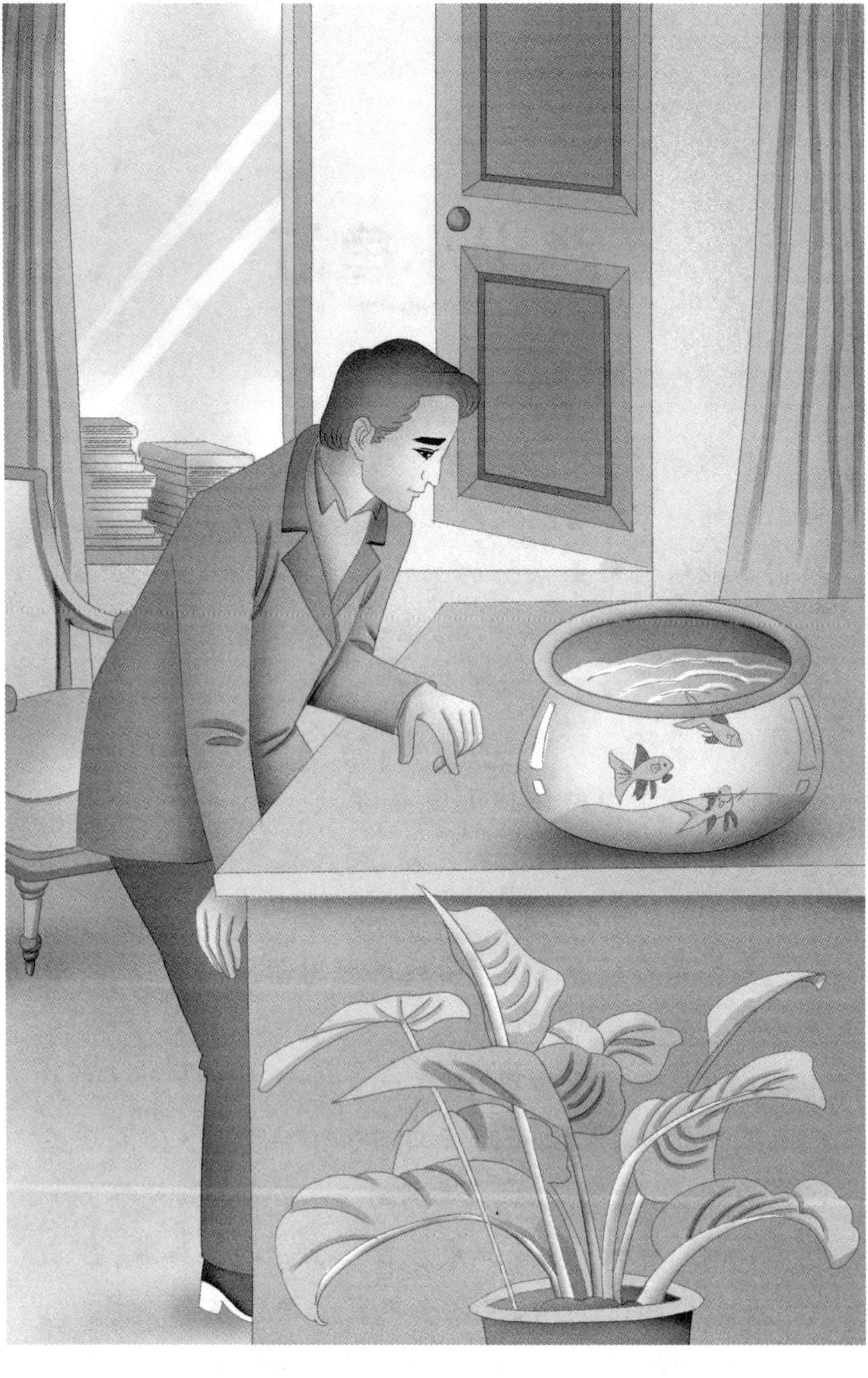

面对是一种勇气

天,他又碰见那个卖鱼的,就把鱼死的事情跟卖鱼的说了。

谁知那卖鱼的说,鱼死是意料中的事。我的同学很诧异,就问为什么,卖鱼的说,鱼缸那么小,养四条鱼,水中的那么一点氧气怎么够用?要想鱼不死,要么换大鱼缸,要么把鱼分开放在其他的小鱼缸里。

本来,卖鱼的是从职业的角度讲给我那位同学听的,可是我的同学听了卖鱼的一席话,三天后就毅然辞职,只身去了上海。

他在电话中告诉我,他的工作虽好,可他们一个单位一下子进了四五个大学生,他们的技术总监还是从一家拥有几万人的国有单位聘请来的老技师。要说待遇,老板对他们不错,可是几个能力都很不错的人挤在一个小单位,不就像几条鱼挤在一个小鱼缸里一样吗?他知道,缺氧的日子迟早会到来,与其等着将来在鱼缸中窒息,还不如提前跳出小鱼缸,超越了自我,也解救了别人。

教育提示

懂得放弃也是人生旅途中的一种战术策略,懂得放弃眼前短暂的利益,善于把握住机会,放弃不重要的目标,才能朝着更重要的目标前进。

海德先生的糖果

从很小的时候,比尔就经常跟着妈妈光顾海德先生的糖果店。那是一间摆满许多1分钱就买得到手的糖果的可爱铺子。

每次跟妈妈走进这家糖果店,看着一大堆富有吸引力的美味排列在自己的面前,要从其中选择一种,比尔觉得实在伤脑筋。每一种糖,要先想象它是什么味道,决定要不要买,然后才能考虑第二种。海德先生把挑好的糖装入小白纸袋时,比尔心里总有短短的一阵悔痛。也许另一种糖更好吃吧?或者更耐吃?

"看看有什么好吃的东西可以买。"妈妈几乎每次都这样一面说,一面领着比尔走到那长长的玻璃柜前面,那个老人也同时从帘子遮着的门后面走出来。母亲站着和他谈几分钟,比尔则对着眼前所陈列的糖果狂喜地凝视。

那时候比尔还不知道钱是什么东西。他只是望着母亲给人一些什么,那人就给她一个纸包或一个纸袋。

慢慢地，比尔的心里也有了交易的观念。

这一天，6岁的小比尔想起一个主意。他背着妈妈独自走进小店，走向陈列糖果的玻璃柜。

这一边是发出新鲜薄荷芬芳的薄荷糖；那一边是软胶糖，颗粒大而松软，嚼起来容易，外面撒上亮晶晶的砂糖；另一个盘子里装的是做成小人形的软巧克力糖；后面的盒子里装的是大块的硬糖……

比尔选了很多种看起来一定很好吃的糖。海德先生俯过身来问他："你有钱买这么多吗？"

"哦，有的，"比尔答道，"我有很多钱。"他把拳头伸出去，把五六只用发亮的锡箔包得很好的樱桃核放在海德先生的手里。

海德先生站着向他的手心凝视了一会儿，然后又把比尔打量了很久。

"还不够吗？"比尔担心地问。

"我想你给得太多了。"海德先生说，"还有钱找给你呢。"他走近那老式的收款计数机，把抽屉拉开，然后回到柜台边俯过身来，放两分钱在比尔伸出的手掌上。

……

20年之后的今天，比尔还会想起那些诱人的糖果，想起当时海德先生的言行。

现在，海德先生已经是拥有8家连锁店的大老板了，因为他童叟无欺，想人之所想，因此，生意越做越好。

教育提示

　　海德先生的糖果店之所以能够越来越兴隆,是因为海德先生是一个诚信之人,他擅长从顾客的角度来思考问题。对于经营者来说,从顾客的角度来思考问题是非常重要的,想顾客之所想,才能让顾客愿意在自己这里消费,满意自己的服务。商人面对所有的顾客都应该一视同仁,不要因为孩子小、没有钱就轻视他们,对商人来说,孩子也是他们的顾客。小心维护他们的童真,也是一件快乐的事情。

　　在生活中,我们要做一个善良、乐于分享的人。只要你愿意将爱施舍出去,即便没有刻意追求,好运气也会降临到你的头上——爱人者人恒爱之。因为喜欢将爱分给大家的人是快乐的人,快乐的人心情自然好,心情好的人做事也更容易成功,运气自然也会更好。

面对是一种勇气

相信自己

埃塞俄比亚是非洲古国之一，公元前975年就出现了国家。埃塞俄比亚还是世界咖啡原产地。经济以农牧业为主，牧场面积约占国土总面积的51%。"风吹草低见牛羊"是埃塞俄比亚最美丽的风景。

"贝基拉"，埃塞俄比亚文的意思是"小花"，但贝基拉童年的生活并不像鲜花那样美丽，而是在饥饿和贫困中度过的，要说是"花"，那他只是在风寒中生长的一朵苦菜花。贝基拉出生在一个偏僻的山村里，由于家中贫寒，10岁的时候，他就成了牧童，经常赶着羊群到几十公里远的地方去放牧。为了寻找新的草地，他不得不翻过一座座积雪的山峰，爬过一道道陡峭的山崖，在荒无人烟、云雾缭绕的山中穿行。这对一个10岁的孩子来说，是很艰苦的。13岁，他上学了，参加了学校曲棍球队，并很快当上了队长。他们几乎每天都跟邻近的球队比赛。

1956年，24岁的他开始练长跑，没多久他成了一名马拉松运动员。

　　罗马奥运会的胜利，使28岁的贝基拉成了埃塞俄比亚的民族英雄。当贝基拉回到埃塞俄比亚时，机场上聚集了数十万欢迎的人群。飞机缓缓降落时，人们都急不可耐地想看看这位载誉归来的英雄。贝基拉佩戴着奥林匹克金牌，走出了机舱，人群不约而同地高呼着，乐队奏起了专门为埃塞俄比亚第一个奥运冠军谱写的歌曲。

　　伴随着乐声、歌声、欢呼声，汽车把他送到了皇宫，塞拉西皇帝亲自接见了他，并下令将他提升为皇室军官，授予他"埃塞俄比亚之星"勋章。

　　庆祝进行了4天，各种各样的代表团、社会名流、体育爱好者，络绎不绝地来到了冠军的新居，向他祝贺，埃塞俄比亚沉浸在欢乐中，贝基拉沉浸在幸福中。但是胜利没有冲昏冠军的头脑，鲜花没有占满冠军的心灵，荣誉没有夺去冠军的意志，贝基拉训练更刻苦了……

　　就这样，时间随着汗水不断地流逝，东京奥运会转眼就到了。贝基拉又来到了奥运会，他能否蝉联冠军是大家所关心的。大多数人持怀疑态度：第一，在奥运会历史上，还从没有人两次夺得马拉松冠军；第二，贝基拉两星期前刚动了阑尾手术，体力上还没恢复；第三，他已经32岁了。然而，贝基拉坚信自己的力量，他说："我有信心在东京再夺冠军。"果真，他实现了自己的诺言。

面对是一种勇气

教育提示

没有人能够随随便便成功,在鲜花和掌声的背后藏着不为人知的艰辛。每一个成功的人,都是经过千辛万苦的努力,好不容易才获得成功的。在获得成功之后,许多人都容易被成功的喜悦冲昏头脑,变得傲慢、懈怠。这样的行为是不可取的,因为此时的成功并不是终点,这是另一个成功的起点。我们仍需要努力和坚持,一旦懈怠,就会从高处摔下来,成为一个失败者。

在朝着成功前进的路上,不论遇到怎样的困难,我们都不应该放弃。坚持心中的信念,让自己的意志变得更加坚定,相信自己的力量,始终朝着目标前进,终有一天,你会获得成功!

跑龙套的田启文

　　他是那种最没有前途的龙套演员。虽然参加过许多影视的拍摄，但在屏幕上从来看不到他的名字。默默无闻，呼之即来，挥之即去。微薄的收入只能糊口，他的名字从来不被人记起。因为名不见经传，他在片场混迹多年，只扮演过一种角色，没有台词，看不到表情，更没有发挥的空间。可他热爱演艺事业，从不怨天尤人，也不奢望什么，只是兢兢业业地演好每一个角色，包括"死尸"。

　　20世纪90年代初，周星驰已经大红大紫，电影《唐伯虎点秋香》在香港开机。每天在片场的刀光剑影中，正邪两派高手打得难分难解，正在此时，横空飞来一具尸体，重重地砸在地上，一动不动。那具死尸就是他扮演的。这时周星驰忽然童心大发，搞起恶作剧来，朝死尸踢了一脚。他躺在地上没反应。周星驰加了把劲，又踩了他一脚，还没动静。于是，周星驰又拿起手中的霸王枪(道具)对准他的大腿戳了两枪，他依然纹丝不动。不好，演员可能发生意外了！周星驰吓得不轻，赶紧叫

面对是一种勇气

大家都停下,然后亲手把他扶起来。

这时,他才睁开眼睛,脸上因为涂满了泥巴,样子极为滑稽。原来是虚惊一场,周星驰面有愠色,质问他:"你刚才为何一声不吭?把我吓了一跳。"气氛骤然紧张起来,有好心人立即上来提醒他:"快给星爷认个错吧,不然你的饭碗就砸了,今后连死尸也别想演了。"他抹去脸上的泥巴解释道:"我演的是死尸,只要导演没喊停,就不能动啊。"周星驰愣住了,半晌,才开口:"你叫什么名字?以后就跟我开工吧。""田启文。"他高声答道。后来,这一幕被周星驰搬进了电影《喜剧之王》中。

一个跑龙套的能把死尸演绎得活灵活现,还有什么角色演不好?田启文的敬业精神感动了周星驰,同时也为自己敲开了成功的大门。此后,在周星驰的每一部电影里都能看到他的身影。

人生就像烟花,目前的小角色就是那根小小的引线,毫不起眼,也不会自燃,唯有亲手将其点燃,才会绽放出绚烂夺目的光彩!

教育提示

不管身处哪个位置,我们都不能妄自菲薄,做好自己该做的事情。即使我们只是一个小角色,也要活出小角色的精彩。

好心的回报

那是一个阴云密布的午后,大雨瞬间倾泻而下,行人纷纷逃进就近的店铺躲雨。这时,一位浑身湿淋淋的老妇人,步履蹒跚地走进费城百货商店。看着她狼狈的姿容和简朴的衣裙,所有的售货员都对她爱理不理。

这时,一位叫菲利的年轻人诚恳地对她说:"夫人,我能为您做点什么吗?"老妇人莞尔一笑:"不用了,我在这儿躲会儿雨,马上就走。"随即老妇人又心神不定了,借用人家的屋檐躲雨,却不买人家的东西,太不近情理了。于是,她开始在百货店里转起来,哪怕买个头发上的小饰物也可以,只要能给自己躲雨找个光明正大的理由。

正当她眼露茫然时,那个小伙子又走过来说:"夫人,您不必为难,我给您搬了一把椅子,放在门口,您坐着休息就是了。"两个小时后,雨过天晴,老妇人向那个年轻人道了谢,并向他要了张名片,就颤巍巍地走了出去。

几个月后,费城百货公司的总经理詹姆斯收到一封信,写信人要求将一位叫菲利的年轻人派往苏格兰收取

面对是一种勇气

装潢一整座城堡的订单,并让他负责自己家族所属的几个大公司下一季度办公用品的采购任务。詹姆斯震惊不已,匆匆一算,这一封信带来的利润,就相当于他们公司两年的利润总和。

当他以最快的速度与写信人取得联系后,才知道这封信是一位老妇人写的,而她正是美国亿万富翁"钢铁大王"卡耐基的母亲。

詹姆斯马上把这位叫菲利的年轻人推荐到公司董事会。毫无疑问,当菲利收拾好行李准备去苏格兰时,他已升格为这家百货公司的合伙人了。那年,菲利22岁。

随后的几年中,菲利以他一贯的踏实和诚恳,成为"钢铁大王"卡耐基的左膀右臂,事业扶摇直上,成为美国钢铁行业仅次于卡耐基的富可敌国的灵魂人物。菲利29岁时,已经为全美国近百家图书馆捐赠了800万美元的图书,他希望用知识和爱心帮助更多的年轻人走向成功。

教育提示

当他人需要帮助的时候,我们应该主动提供帮助。你的一个无意善举,就能给他人带来温暖,也许还能成就你的一生。

告别"我不能"

森林学校的一场测验结束后,河马老师发现孩子们这次的成绩都很不理想。

这天上课前,河马老师发给同学们一张空白纸条,大家都感到奇怪,它们不知道河马老师到底准备干什么。

"同学们,昨天我遇见了智慧老人,他说他想回收一件你们随身携带的东西,这个东西叫'我不能'。现在,我代表智慧老人,请你们思考一下,在学习上,自己不能做到的事情有哪些,大家想好以后,就把它写在纸条上,当然,别忘了写上你们的名字!"

同学们听完河马老师的话,议论纷纷,之后就各自抓耳挠腮地想着,平时在学习的时候,自己究竟有哪些事情做不到……没过一会儿,大家都埋着头在纸上"刷刷刷"地写着。"我不能做两位数的乘法!""我不能专心地听课!""我不能记住古诗词!"……几分钟后,同学们都把各自的"我不能"写在了纸上。

这时,河马老师拿来了一个空纸盒,让同学们排好

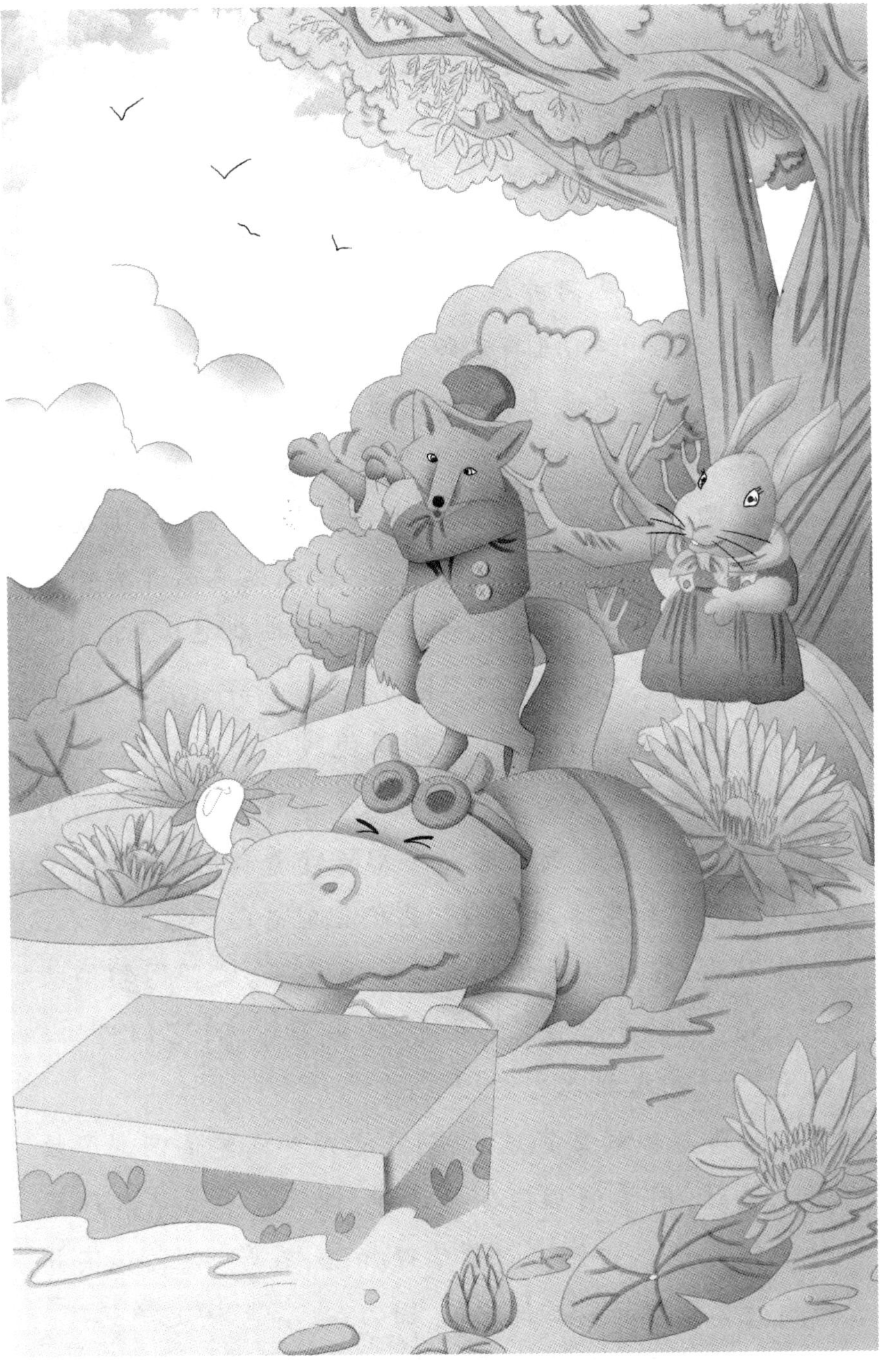

队,一个接一个地将自己手里的纸条放在盒子里。当河马老师看到同学们都投完后,它也趴在讲台上,写了一张纸条,放在了盒子里。

"同学们,跟着我去小河边!"于是,大家来到了森林深处的一条小河旁。

"扑通"一声,河马老师一头扎进了河里。只见它将小盒子放在了水面上,然后向前推了一把。

微风吹过,小盒子顺着流水,缓缓地向前漂去……河马老师上岸后对大家说:"大家的'我不能'马上就要随着盒子,寄到智慧老人那里,它将永远地离开我们。现在,让我们一起向自己的'我不能'告别吧!"

"再见了,'我不能'!"同学们一起挥手,大声地喊,并目送纸盒漂向了远方,直到从视线中消失。

河马老师语重心长地告诉大家:"今天,我们告别了自己的'我不能',虽然它始终都陪伴着我们,并影响着我们的学习和生活,但现在,我们把它寄给了智慧老人,从此以后,它就从我们的生活中消失了。希望同学们从今天起,用双手迎接'我不能'的弟弟妹妹,它们叫'我愿意'和'我立刻就去做'!"

一阵热烈的掌声过后,河马老师和同学们回到了教室。这时,同学们都振奋起精神,埋头在桌上认真地做起了练习题。它们内心都已经知道,在学习上,其实并没有什么困难可以难倒它们,因为"我不能"早已走远了。

面对是一种勇气

教育提示

有些人,在事情还没开始之前,看到事情有些困难,开口就说"我不能""我不行"。人一旦有这种想法存在,做什么事情都是不可能成功的。因为自信是成功的第一步,只有自己相信自己,有足够的信心,才能走向成功。不管做什么事情,不管这件事看着有多么困难,如果不愿意尝试,是一定不可能成功的。首先要相信自己,告诉自己"我能行",然后立刻去做这件事情。在尝试的过程中,你会发现,这件事并不如自己表面上看到的那么困难,甚至你会很轻松地将看似困难的事情解决好。

其实,打倒一个人的往往并不是面对的困难,而是自己,自己不相信自己能够成功,自然就会失败。相信自己,那么,将没有任何困难可以难倒你。

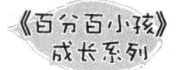

踏实工作的李远哲

一个孩子，在高中时期学习成绩很好，按照一贯的表现，他可以被学校保送上最好的大学。但是他希望依靠自己的力量去考，而不是保送。

他的父母为此担心不已，委婉地告诫他："如果考不上，那不是失去了上大学的机会？"

他劝慰母亲："如果我考不上，那么说明还有一千个人比我优秀，这对社会来说是多么的幸运。"

上大学后，他对化学产生了浓厚的兴趣，执意在化学学术上有所发展。同学对他进行善意的劝告，搞学术没名没利，可能搞了一辈子研究，也不会被社会所承认。

但是他认定了化学，并留学美国伯克利加州大学，很快获得了化学博士学位，然后到哈佛大学从事分子反应动力力学的研究。在导师的研究室里，他任劳任怨，勤于思考。当别的学生每天按时上下班或假期在外度假的时候，他却每天工作十五六个小时，做一些别人不愿干的事。奇迹终于产生了，他制作了一台交叉分子束实验装置。他的导师赫希巴哈看到后惊讶不已，感叹道："这么复杂的装置，大概只有中国人才能做出来。"

赫希巴哈没有想到一个默默工作不事张扬的年轻人能够制作出如此先进的仪器。

由于他的智慧和努力，他在化学学术界很快声名鹊起。有人问他："你有没有想过得诺贝尔化学奖？"

他说："从未想过。"

有同事向他的母亲说，她的儿子是世界顶级的化学家，很有可能获得诺贝尔化学奖。他知道后觉得同事在胡说八道，还提醒母亲千万别听那些话。

他的成果被诺贝尔评奖委员会纳入视野范围后，他的导师告诉他："你很有可能获奖。"他笑着说："这对我来说并不重要。"诺贝尔奖公布的那天，他正在做学术报告。下面的听众已从新闻中知道他获得诺贝尔化学奖的消息。他做完报告，所有的听众都站起身来，热烈鼓掌向他表示祝贺。他莫名其妙，随即意会过来，他对助手说："看来今天的报告我做得不错。"

他就是华裔化学家李远哲。

李远哲获得诺贝尔化学奖后，他的母校伯克利加州大学对他进行了奖励，但奖品令人大跌眼镜，奖给李远哲的只是大学为他保留的一个停车位。

李远哲知道后没有生气，反而很高兴，认为这是加州大学奖给他的最高荣誉。

教育提示

　　搞学术研究是一件非常辛苦的事情，它需要研究者踏踏实实，沉下心来努力钻研，而且在研究的过程中，说不定一直都没有什么发现。虽然这条路非常难走，但是这个社会需要有科研人员，因为科学能够推动社会的进步，带动社会发展。我们应该尊重那些科学人员，并学习他们默默无闻、踏实肯干、淡泊名利的精神。

　　其实不管在哪个方面，都需要我们具备这些精神。一心将心思扑在自己的目标上面，不要被这丰富多彩的世界所诱惑，一心沉浸到自己的世界中，努力朝着目标前进。不管做什么事情，都需要专注。在取得一定的成绩之后，我们也不能扬扬得意、骄傲自满。我们应该保持初心，继续朝着下一个目标前进，这样才能不断进步，才能取得更好的成绩。

斧头更重要

在小镇里,有一个木匠,他的木工水平非常高超,做的家具不仅十分坚固耐用,而且美观舒适,所以他在当地很有名气,甚至连县城里也有不少人慕名而来请他做家具。

木匠心地善良,他把赚来的钱分出一大半捐给当地的孤儿院和养老院,自己只留下一点伙食费,所以这么多年来他一直买不起房子。因为木匠的这些爱心举动,使他很受当地人的敬重,不久,镇上有一户人家决定把自己的女儿嫁给勤奋可靠的木匠,条件是必须要有一座自己的房子。

木匠思量,眼看自己就到了而立之年,是时候考虑终身大事了。可是,自己的那点儿钱够买房子吗?恐怕不够!对了,为什么不自己盖房子呢?

说干就干,木匠用仅剩的一点钱买来砖块、瓦片、梁木等材料,开始造起房子来。经过他不断的辛苦劳动,终于用了整整两个月的时间建成了一座能够遮风挡雨的房子。

　　一天,木匠进城采购物品,直到黄昏才回到镇上。走了一天,他已经很累了,正坐在路边歇歇脚,这时,前面传来一阵嘈杂声,木匠隐约听到"着火了""快救火"之类的喊声。他吃了一惊,发生了什么事?木匠立即拉住迎面跑来的路人,问道:"请问,前面出了什么事?"

　　被拉住的那人原本有些恼怒,但一看是木匠,脸色立刻缓和下来,说道:"你还不知道吧?青云街发生了火灾,据说是因为茶楼起火,连着那一片都烧起来了。"

　　"什么?"木匠喊道,"青云街?"他新建的房子可就在那儿呀。

　　木匠立刻以最快的速度朝家跑去。他来到青云街一看,天啊,整个街都被大火吞没了,天空被映得一片通红。

　　木匠来到家门口,看见自家房子深陷火海,他拼命救火,左邻右舍也赶来帮忙,但是这时的火势和风势都很大,火根本无法扑灭。慢慢地,整栋新房都被火焰吞噬了。

　　过了很久,火终于熄灭了,木匠的新房已经变成了一片废墟。人们以为他会很伤心,纷纷过来安慰。可是木匠的神情却很平静,他静静地立在原地,半晌,他满怀希望地走进倒塌的废墟中开始翻找起来。人们都以为可能还有未被烧毁的贵重财物,不由得为他捏了把汗。

面对是一种勇气

"找到了,哈哈,我终于找到了!"

突然,废墟中传来了木匠高兴的欢呼声。人们一看,哪里是什么贵重的财物呀,根本就是一把看上去毫不起眼的斧头。

面对大家奇怪的目光,木匠解释道:"这把斧头是我家祖传下来的,我一直靠它来做家具,它对我很重要。只要有了它,我随时可以再建造一个更坚固、更舒适的家。"

听完木匠的话,大家不由得鼓起掌来……

教育提示

没有人的一生是一帆风顺的,有时候我们会遇到一些挫折,会失去一些东西。但是挫折不能将我们打倒,失去的东西也会再来,所以没有必要为此伤心。我们不能一直沉浸在悲伤之中,因为生活总是要继续下去,只要我们还有创造美好生活的能力就可以。就算我们变得一无所有,只要还有一双手,还有创造财富的能力,那就没有必要沮丧。保持一颗乐观的心,用自己的双手创造出更美好的明天吧。

"牛仔大王"李维斯

"牛仔大王"李维斯的西部发迹史中曾有这样一段传奇：

当年他像许多年轻人一样，带着梦想前往西部追赶淘金热潮。一日，突然间他发现有一条大河挡住了他前往西部的路。苦等数日，被阻隔的行人越来越多，但都无法过河。于是陆续有人向上游、下游绕道而行，也有人打道回府，更多的则是怨声一片。而心情慢慢平静下来的李维斯想起了友人传授给他的一个"思考制胜"的法宝，是这样一段话："太棒了，这样的事情竟然发生在我的身上，又给了我一次成长的机会。凡事的发生必有其因果，必有助于我。"于是他来到大河边，"非常兴奋"地不断重复着对自己说："太棒了，大河居然挡住我的去路，又给了我一次成长的机会。凡事的发生必有其因果，必有助于我。"果然，他真的有了一个绝妙的创业主意——摆渡。没有人吝啬一点小钱坐他的渡船过河。很快，他人生的第一笔财富居然因大河挡道而获得。

一段时间后，摆渡生意开始清淡。他决定放弃，并继续前往西部淘金。来到西部，四处是人，他找到一块合适的空地方，买了工具，便开始淘起金来。没过多久，有几个恶汉围住他，叫他滚开，别侵犯他们的地盘。他刚理论几句，那伙人便失去耐心，一顿拳打脚踢。无奈之下，他只好灰溜溜地离开。好不容易找到另一处合适的地方，没多久，同样的悲剧再次重演，他又被人轰了出来。刚到西部的那段时间，他多次被欺侮。终于，在最后一次被打之后，看着那些人扬长而去的背影，他又一次想起他的"制胜法宝"："太棒了，这样的事情竟然发生在我的身上，又给了我一次成长的机会，凡事的发生必有其因果，必有助于我。"他真切地、兴奋地反复对自己说着，终于，他又想出了另一个绝妙的主意——卖水。

　　西部黄金不缺，但自己无力与人争雄；西部缺水，可似乎没什么人能想到它。不久他卖水的生意便红红火火。慢慢地，也有人参与了他的新行业，再后来，同行的人已越来越多。终于有一天，在他旁边卖水的一个壮汉对他发出最后通牒："小个子，以后你别来卖水了，从明天早上开始，这儿卖水的地盘归我了。"他以为那人是在开玩笑，第二天依然来了，没想到那家伙立即走上来，不由分说，对他一顿暴打，最后还将他的水车打烂了。李维斯不得不再次无奈地接受现实。然而当这家伙扬长而去时，他立即开始调整自己的心态，再次强行让自己兴奋起来，不断对自己说着："太棒了，这样的事情竟然发生在我的身上，又给了我一次成长的机会，凡事的发生必有其因果，必有助于我。"他开始调整自己注意的焦点。他发现来西部淘金的人，衣服极易磨破，同时又发现西部到处都有废弃的帐篷，于是他又有了一个绝妙的好主意——把那些废弃的帐篷收集起来，清洗干净。就这样，他缝成了世界上第一条牛仔裤！从此，他一发不可收拾，最终成为举世闻名的"牛仔大王"。

教育提示

　　不管遇到什么事情，我们都应该保持乐观。相信每件事情的发生必有因果，即使此时遭遇不幸，肯定是为了帮助你、磨炼你，让你成长起来。保持一颗积极向上的心，你会发现生活将变得更加美妙，遇到的困难也不能将你打倒。要知道心态是非常重要的，保持好心态，你会发现生活多姿多彩，你也将变得更加快乐。

　　在生活中，我们不仅不能向困难低头，而且还要在困境中换一个角度思考问题，从困境中找到通往成功的好办法！

面对是一种勇气

坚持就是胜利

在美国,有一位穷困潦倒的年轻人,即使在把身上全部的钱加起来都不够买一件像样的西服时,仍全心全意地坚持着自己心中的梦想,他想做演员、拍电影、当明星。当时,好莱坞共有500家电影公司,他逐一数过,并且不止一遍。后来,他又根据自己认真划定的路线与排列好的名单顺序,带着自己写好的量身定做的剧本前去拜访。但第一遍下来,500家电影公司没有一家愿意聘用他。

面对百分之百的拒绝,这位年轻人没有灰心,反而从最后一家被拒绝的电影公司出来之后,他又从第一家开始,继续他的第二轮拜访与自我推荐。在第二轮的拜访中,500家电影公司依然都拒绝了他。

第三轮的拜访结果仍与第二轮相同。这位年轻人咬牙开始他的第四轮拜访,当拜访完300多家后,终于有一家电影公司的老板破天荒地答应愿意让他留下剧本先看一看。几天后,年轻人获得通知,请他前去详细

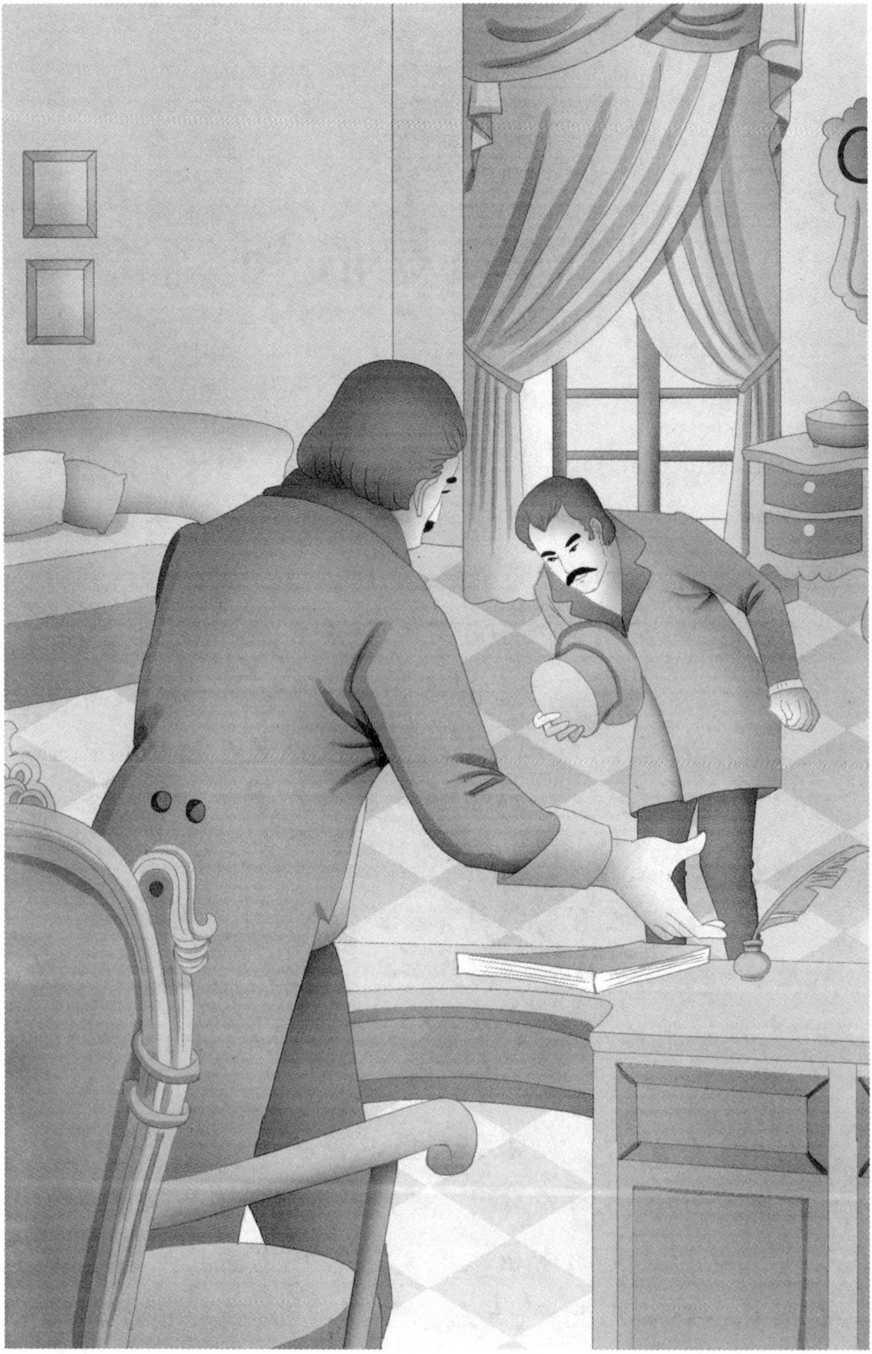

面对是一种勇气

商谈。就在这次商谈中,这家公司决定投资开拍这部电影,并请这位年轻人担任自己所写剧本中的男主角。这部电影名叫《洛奇》。这位年轻人的名字就叫席维斯·史泰龙。现在翻开电影史,这部叫《洛奇》的电影与这位日后红遍全世界的巨星皆榜上有名。

教育提示

　　就算全世界的人都对你说不行,只要你相信自己,敢于坚持下去,你就一定能够获得成功。不要让他人的想法来左右你的想法,认定自己的目标之后,就朝着目标前进。在前进的道路上,或许会失败,或许会遭受许多挫折,但是只要你不放弃,始终坚持下去,成功一定会属于你。

　　许多人失败并不是因为他不行,而是因为他容易被别人的观点所左右。当别人告诉他不行的时候,他就会放弃。但是我们要明白,目标是自己的,人生也是自己的,为什么要让别人的意见来左右自己呢?只要你愿意去做,想去做,不管别人怎么看,都一定要坚持下去。

97

信念的力量

斯坦利·库尼茨是一个对沙漠探险情有独钟的瑞典医生。年轻的时候，他曾试图穿越非洲撒哈拉大沙漠。进入沙漠腹地的当天晚上，一场铺天盖地的风暴使他变得一无所有，向导不见了，满载着水和食物的驼群消失了，连那瓶已经开启的准备为自己庆祝36岁生日的香槟也洒得一干二净，死亡的恐惧从四面八方涌向他。

在绝望的瞬间，斯坦利把手伸向自己的口袋，意外地摸到了一个苹果，这个苹果使斯坦利从绝望中清醒，他庆幸自己竟然还有一个苹果。

几天后，奄奄一息的斯坦利被当地的土著人救起，令人迷惑不解的是，昏迷不醒的斯坦利紧紧地攥着一只完整却干瘪的苹果，而且攥得非常紧，以至于谁也无法从他手中将苹果拿走。20世纪初，这位一生都充满传奇色彩的老人去世了，弥留之际，他为自己写了这样一句墓志铭：我还有一个苹果。

面对是一种勇气

教育提示

在生命的旅途中,我们常常会遇到一些挫折和困难,会陷入困境之中。这个时候,我们千万不能绝望,不要轻易对自己说什么都没有了。只要你有坚定的信念,努力去寻找,你肯定会找到能够帮助自己渡过难关的那一个"苹果"。握紧属于你的"苹果",坚定心中的信念,相信自己一定能行,那你就一定能够渡过难关。

信念的力量是伟大的,它支撑着人们生活,催促着人们奋斗,推动着人们进步,正是它,创造了世界上一个又一个奇迹。其实,人生从来就没有真正的绝境。无论遭受多少艰辛,无论经历多少苦难,只要一个人的心中还怀着一粒信念的种子,那么,总有一天,他会走出困境,让生命之花重开的!

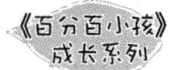

障 碍 赛

毕业晚会上,平时总是很严肃的老教授忽然说:"我们来做个游戏——障碍赛。"

他指挥着学生们,在教室中间拦上一高一低两根绳子,又在讲台跟前摆上了几把椅子。

游戏是这样的:参赛选手要蒙上眼睛,先要钻过、跨过这两根绳子,然后从椅子中间穿过去,再走上讲台。在这个过程中,身体任何部位都不能接触到障碍物,否则就算失败。游戏前,可以不蒙眼睛先试着走两次,适应一下。

游戏开始。五位选手都被蒙上了眼睛。一号选手虽然十分小心,但还是一脚踢翻了椅子。旁观者哄堂大笑,那几位蒙着眼睛的就更紧张了。

二、三、四、五号选手上场,没有参赛的学生们一边起哄提示"抬脚,抬得高一点""弯腰,低点,再低点""向左一点,要碰到椅子了",一边笑得开心无比——因为这时,那些学生们已经在老教授的示意下,悄悄地撤去了

面对是一种勇气

绳子,搬走了椅子。其实已经没有障碍了,看他们还做出那样谨慎而夸张的动作,怎能不让人觉得好笑?

游戏的结尾,是五位选手站在讲台上,一起取下蒙眼睛的布。看着空荡荡的教室,他们先是疑惑,然后也大笑起来。

等大家都笑过后,老教授开口道:"你们就要离开学校,到社会上打拼去了。我没有什么送给你们,只是想通过这个游戏让你们明白在人生中,有些你以为的障碍,其实并不存在。最大的障碍,是在自己的心中。"

教育提示

有些事情看着困难,其实只要自己勇敢去做,就会发现并没有自己想象的那么困难。人们总是习惯对未知的事情感到害怕,所以有些事情明明没有尝试就认为自己做不好。其实,有时候障碍根本不存在,阻挠我们前进的是我们自己。无论身处什么环境中,无论遇到什么事情,我们都要鼓起勇气,大胆向前。你会发现,一切都没有自己想象的那么难。

没有过不去的坎

布勃卡是举世闻名的奥运会撑竿跳冠军,享有"撑竿跳沙皇"的美誉。他曾35次刷新撑竿跳的世界纪录,创造了奇迹!

前不久,他接受了由总统亲自授予的国家勋章。在这次隆重而热烈的授勋典礼上,记者们纷纷向他提问:"你成功的秘诀是什么?"

布勃卡微笑着回答——很简单,就是在每一次起跳前,我都会先将自己的心"摔"过横杆。

原来,作为一名撑竿跳选手,他也有过一段艰难的日子。尽管他不断地尝试冲击新的高度,但每一次都是失败而返。那些日子里,他苦恼过、沮丧过,甚至怀疑自己的潜力。

有一天,他来到训练场,禁不住摇头叹息。他对教练说:"我实在是跳不过去。"

教练平静地问:"你心里是怎么想的?"

布勃卡如实回答:"我只要一踏上起跳线,看清那根

面对是一种勇气

高悬的横杆时心里就害怕。"

突然，教练一声断喝："布勃卡，你现在要做的就是闭上眼睛，先把你的心从横杆上'摔'过去！"

教练的厉声训斥让布勃卡如梦初醒，顿时恍然大悟。

遵从教练的吩咐，他重新撑起跳杆又试跳了一次。这一次，他果然顺利地跃身而过。

于是，一项新的世界纪录又刷新了，他再一次超越了自我。

教练欣慰地笑了，语重心长地对布勃卡说："只有先将你的心从横杆上'摔'过去，你的身体才一定会跟着一跃而过。"

突破心障，才能超越自己。著名的心理学大师卡耐基经常提醒自己的一句箴言就是：我想赢，我一定能赢，结果我就赢了。

在困难和挑战面前，超越自我，赢得成功的最好办法，就是让自己的心先过去。

毕竟，没有过不去的坎，只要让你的心先过去。

教育提示 JIAOYUTISHI

世界上没有过不去的坎，首先要让自己的心过去。只要自己心中毫无畏惧，就能够超越自我，赢得胜利。

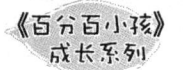

坚持的理由

他21岁那年从外地来到北京拜师学艺，却四处碰壁。不久之后，他和几个朋友成立了一个小俱乐部，靠在街头卖艺混口饭吃。那时候，他住在北京的郊区，为了省钱，他连公交车也舍不得坐，每天就骑着自行车来回奔波穿梭，一天就是四五个小时。可尽管如此，他从来没耽误一次学艺或是演出。

有一次，他像平时一样练习到深夜才骑着自行车回家。可刚骑出没多远，他就突然发现自行车的链子断了。午夜的街道上，公交车已经停运，而且他也没钱打的。第二天下午还有一场重要的演出，他脚一跺，牙一咬，把自行车扔在路边，硬着头皮向郊外的出租屋走了回去。

正值秋雨绵绵的季节，天色微微发亮的时候他才浑身上下湿漉漉地走回到住处，头晕目眩的他一头栽倒在床上，发起了高烧。他心里清楚，这样下去非出事不可。于是，他勉强支撑起身体，翻箱倒柜地找出一个破传呼

>>> 面对是一种勇气

机,拿到街上卖了10多块钱,买了两个馒头和几包感冒药,硬是挺了过去。

下午,当他面色蜡黄地赶到演出地点的时候,他的搭档吓了一跳,问明原委后,搭档的眼泪在眼眶里直打转,轻轻拍了拍他的肩,什么也没说,搀扶着他走上了前台。

几年以后,郭德纲已经红透了大江南北,有记者把他当年的这些故事挖掘出来,问他为什么能坚持到现在。他微笑着回答:"我小的时候家里穷,那时候只要学校一下雨,别的孩子就站在教室里等家人送伞,可我知道我家没伞啊,所以我就顶着雨往家跑,没伞的孩子你就得拼命奔跑!像我们这样没背景、没家境、没关系、没金钱的,一无所有的人,你还不拼命工作、拼命奔跑,那活着还有什么意思?"

教育提示

人生来并不是公平的,有的人出生在富裕的家庭,一出生什么都有了;有的人出生在贫穷的家庭,出生之后一无所有。一无所有不可怕,可怕的是没有进取的想法。既然落后于他人,那一无所有的我们应该更加努力。只有靠自己,我们才能得到想要的一切。

105

"多金王"菲尔普斯

迈克尔·菲尔普斯童年时，因为大耳朵、长手臂以及口吃，经常被同学嘲笑。他的母亲曾回忆道："从幼儿园开始，他的老师就经常对我说，迈克尔不能安静地坐着，迈克尔不能安静，迈克尔根本不能集中精力。还说，你的儿子不可能做好任何事情。"

但他特异的体形却引起了游泳教练的注意。迈克尔的教练对迈克尔的母亲说，她的儿子是罕见的游泳天才。他的体形天生就是做游泳运动员的料，他的大手大脚就像是水中的桨。尽管自身条件良好，但是迈克尔非常刻苦，每周在泳池里游10万米，一周7天从不间断，甚至包括圣诞节。高中毕业后，在大多数时间里，他从早晨7点钟开始长达2个半小时的训练，午餐后稍稍打个盹，然后接着游，一直从下午3点半游到6点，每天游的距离多达12英里。

"任何事情都没有极限，"菲尔普斯经常告诫自己，"你想拥有的越多，你得到的就越多。"

面对是一种勇气

　　1999年，在美国青少年运动会上，迈克尔打破了20岁年龄组200米蝶泳的纪录。随后，他一发不可收拾，2004年雅典奥运会表现卓越，2007年墨尔本世锦赛上，菲尔普斯独揽7金，打破了澳大利亚的索普保持的一届世锦赛夺得6金的纪录，此外他还打破了5项世界纪录。2008年8月，北京奥运会开幕了，这是一届属于菲尔普斯的奥运会，这位神童终于在水立方比赛的最后一天圆了他的8枚金牌梦，成就了奥运史上奇迹般的"多金王"。

教育提示

　　每个人都有自己的长处，没有人是一无是处的，我们要善于找到自己身上的优点，发挥自己的长处。

　　即使一个人在某个领域有天赋，也不代表他不努力就能够拥有一切。所有人都需要努力，成功需要靠勤奋来换取。只有不断地努力，才能够离成功越来越近。即使自己获得了成功，也不要满足于眼前的成功。因为任何事情是没有极限的，只要你愿意去努力，你将取得更好的成绩。不要满足于短暂的成功，将每一个成功当成新的起点，朝着下一个目标努力去吧。

努力尝试

1927年，美国阿肯色州的密西西比河大堤被洪水冲垮，一个9岁小男孩的家被冲毁，在洪水即将吞噬他的一刹那，母亲用力把他拉上了堤坡。

1932年，男孩八年级毕业了，因为阿肯色州的中学不招收他，他只能到芝加哥读中学，但是家里没有那么多钱，那时母亲做出了一个惊人的决定——让男孩复读一年。母亲则为整整50名工人洗衣、熨衣和做饭，为孩子攒钱上学。

1933年夏天，家里凑足了那笔学费。母亲带着男孩踏上了火车，奔向陌生的芝加哥，靠当佣人谋生。男孩以优异的成绩中学毕业，后来又顺利地读完了大学。1942年，他开始创办一份杂志，但最后一道障碍是缺少500美元的邮费，不能给订户发函。一家信贷公司愿借贷，但有个条件，得有一笔财产做抵押。母亲曾分期付款好长时间买了一批新家具，这是她一生中最心爱的东西，但她最后还是同意将家具做抵押。

面对是一种勇气

1943年,那份杂志获得巨大成功,男孩终于能做自己梦想多年的事了:将母亲列入他的工资花名册,并告诉她算是退休工人,再不用工作了。那天,母亲哭了,那个男孩也哭了。

后来,在一段反常的日子里,男孩的一切仿佛都坠入谷底,面对巨大的困难和障碍,男孩已无力回天。他心情忧郁地告诉母亲:"妈妈,看来这次我真要失败了。""儿子,"她说,"你努力试过了吗?""试过了。""非常努力吗?""是的。""很好。"母亲果断地结束了谈话,"无论何时,只要你努力尝试,就不会失败。"

果然,男孩渡过了难关,攀上了事业的巅峰。这个男孩就是驰名世界的美国《文摘》杂志创始人、约翰森出版公司总裁、拥有三家无线电台的约翰·H.约翰森。

教育提示

无论你面对多大的困难,只要你能够努力尝试,就不会失败。努力尝试是指面对困难不退缩,面对失败不丧气,不论怎样都勇敢面对。要相信自己,没有什么能够将你打倒,只要自己愿意去努力,你会走出困境,最终获得成功。

王永庆的成功之路

提起台湾首富王永庆，几乎无人不晓。他把台湾塑胶集团推进到世界化工业的前50名，而在创业初期，他做的还只是卖米的小本生意。

16岁的王永庆从老家来到嘉义开一家米店。那时，小小的嘉义已有米店近30家，竞争非常激烈。当时仅有200元资金的王永庆，只能在一条偏僻的巷子里租一个很小的铺面。他的米店开办最晚，规模最小，没有任何优势，更谈不上知名度了。在新开张的那段日子里，生意冷冷清清，门可罗雀。

刚开始，王永庆背着米挨家挨户去推销，一天下来，人不仅累得够呛，效果也不太好。谁会去买一个小商贩上门推销的米呢？可怎样才能打开销路呢？王永庆决定从每一粒米上打开突破口。由于稻谷收割与加工的技术落后，很多小石子之类的杂物很容易掺杂在米里，但大家都已见怪不怪，习以为常。

王永庆却从这司空见惯中找到了切入点。他和两个弟弟一起动手,一点一点地将夹杂在米里的秕糠、砂石之类的杂物拣出来,然后再把米卖出去。一时间,小镇上的主妇们都说,王永庆卖的米质量好,省去了拣杂物的麻烦。这样,一传十,十传百,米店的生意日渐红火起来。

王永庆并没有就此满足,他还要在米上下大功夫。那时候,顾客都是上门买米,自己运送回家。这对年轻人来说不算什么,但对一些上了年纪的人,就大大地不便了。而年轻人又无暇顾及家务,买米的顾客以老年人居多。王永庆注意到这一细节,于是主动送米上门。这一方便顾客的服务措施同样大受欢迎。

王永庆还要将米倒进米缸里。如果米缸里还有陈米,他就将陈米倒出来,把米缸擦干净,再把新米倒进去,然后将陈米放回上层,这样,陈米就不至于因存放过久而变质。王永庆这一精细的服务令顾客深受感动,赢得了很多新顾客。

如果给新顾客送米,王永庆就细心地记下这户人家米缸的容量,并且问明家里有多少人吃饭、几个大人、几个小孩,每人饭量如何,据此估计该户人家下次买米的大概时间,记在本子上。到时候,不等顾客上门,他就主动将相应数量的米送到客户家里。

后来,王永庆便自己办了个碾米厂。再后来,王永庆从小小的米店生意走向了台湾首富的事业。

教育提示

不要以为创业都是轰轰烈烈的，从一粒米的小事做起，也能够走向成功。从小事做起，从细节做起，你也能够获得成功。在工作中，无论身处于怎样的岗位上，我们都应该踏踏实实、认认真真地工作，将自己的工作做好，绝不懈怠。不论做多么小的事情，我们都要秉持着认真、谨慎的态度，并从小事之中发现机会，寻找成功的方法。

有时候，成功仅仅需要一个好的创意。这个创意是怎么来的呢？这就需要我们联系实际，开动脑筋。认真观察生活，从司空见惯的事情中找切入点，你也能想出好主意。

作为商人，应该注重客户的需要，从客户的角度来想问题。想客户之所想，明白客户最需要的是什么，给客户提供方便，这样才能赢得更多的客户。

面对是一种勇气

布鲁克林大桥

　　横跨曼哈顿和布鲁克林之间河流的布鲁克林大桥，是个地地道道的机械工程奇迹。1883年，富有创造精神的工程师约翰·罗布林，雄心勃勃地意欲着手这座雄伟大桥的设计。然而桥梁专家们劝他趁早放弃这个天方夜谭般的计划。他的儿子华盛顿·罗布林，一个很有前途的工程师，也相信大桥可以建成。父子俩构思着建桥的方案，琢磨着如何克服种种困难和障碍。他们设法说服银行家投资该项目，之后他们怀着无可遏止的激情和无比旺盛的精力组织工程队，开始施工建造他们梦想的大桥。

　　然而大桥开工仅几个月，施工现场就发生了灾难性的事故。约翰·罗布林在事故中不幸身亡，华盛顿·罗布林的大脑严重受伤，他无法讲话，也不能走路了。谁都以为这项工程会因此而泡汤，因为只有罗布林父子才知道如何把这座大桥建成。

　　然而尽管华盛顿·罗布林丧失了说话和活动的能

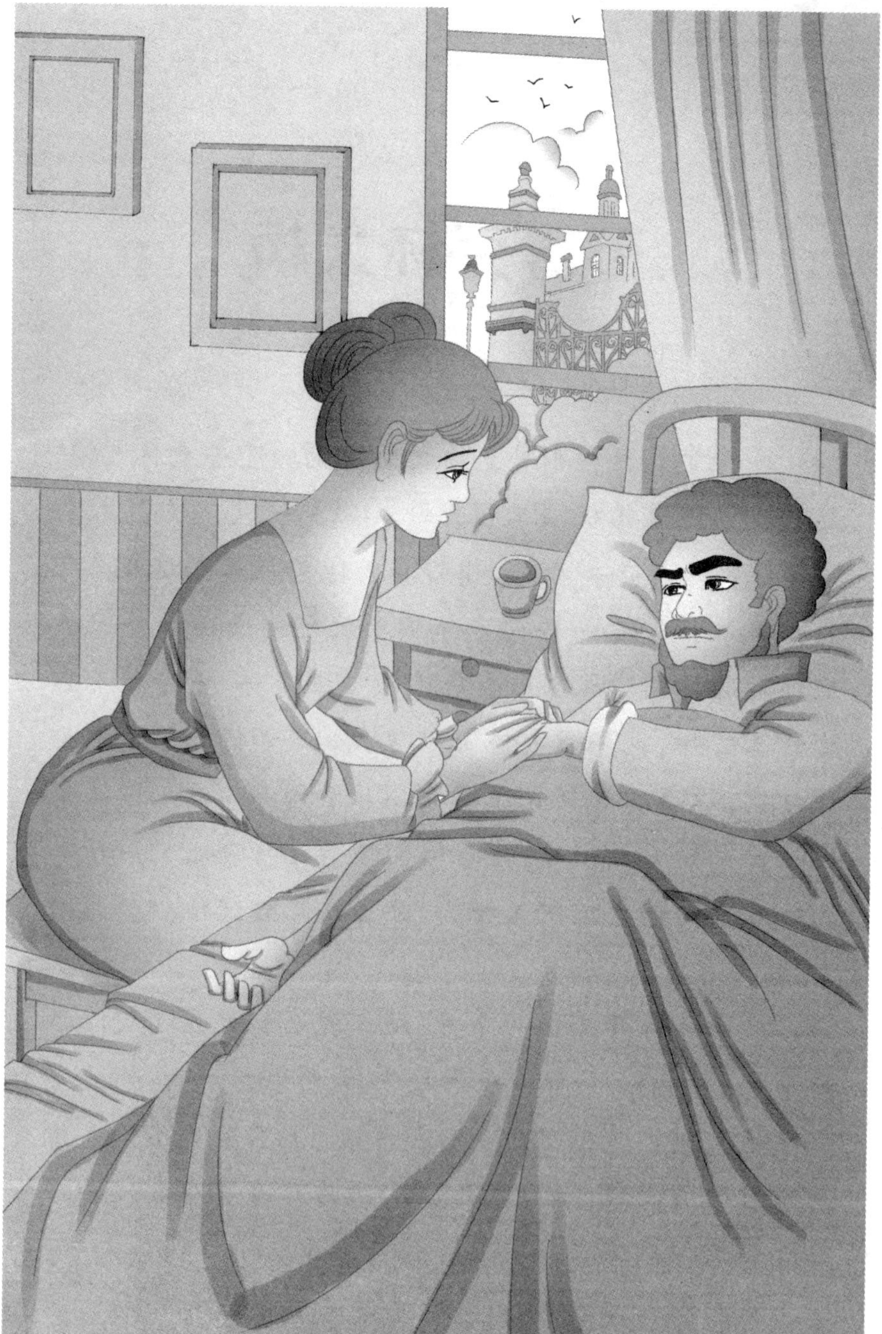

面对是一种勇气

力,但他的思维还同以往一样敏锐。一天,他躺在病床上,忽然脑海中闪过一种能和别人进行交流的密码。他唯一能动的是一根手指,于是他就用那根手指敲击他妻子的手臂,通过这种密码方式由妻子把他的设计和意图转达给仍在建桥的工程师们。整整13年,华盛顿就这样用一根手指发号施令,直到雄伟壮观的布鲁克林大桥最终建成。

教育提示

　　任何想法都要依靠实际,不切实际的梦想是无法实现的。那些空想家们是无法实现自己的梦想的,所以树立梦想时,一定要考虑自己的梦想是否切合实际。只要确定自己的梦想是符合实际的,能够实现,不管别人怎么说,都不要动摇,不要放弃自己的梦想。朝着自己的梦想前进,不管途中遇到了怎样的困难,都不要放弃。时间不是问题,只要你能够坚持下去,无论花多长时间,你也一定能够实现自己的梦想。在你成功之后,你会发现自己完成了一件十分了不起的事情。

朝着计划前进

　　几十年前，一个十多岁的穷小子，身体非常瘦弱，却在日记里立志长大后要做美国总统。如何能实现这样宏伟的抱负呢？经过思索，他拟定了一系列目标。做美国总统首先要做美国州长——要竞选州长必须得到财团的支持——要获得财团的支持就一定得融入财团——要融入财团最好娶一位豪门千金——要娶一位豪门千金必须成为名人——成为名人的快速方法就是做电影明星——做电影明星前得练好身体，练出阳刚之气。

　　按照这样的思路，他开始行动。某日，当他看到著名的体操运动主席库尔后，他相信练健美操是强身健体的好点子。他开始刻苦而持之以恒地练习健美操，他渴望成为世界上最结实的壮汉。三年后，凭借发达的肌肉、似雕塑般的体魄，他囊括了各种世界级的"健美先生"称号。

　　22岁时，他踏入了美国好莱坞。在好莱坞，他花费了10年时间，利用自身优势，刻意打造坚强不屈、百折

面对是一种勇气

不挠的硬汉形象。终于,他在演艺界声名鹊起。当他的电影事业如日中天时,女友的家庭在他们相恋九年后,也终于接纳了这位"黑脸庄稼人"。他的女友就是肯尼迪总统的侄女。

2003年,年逾57岁的他,告老退出影坛,转而从政,成功竞选为加利福尼亚州第38任州长。他就是阿诺德·施瓦辛格。从奥地利的偏僻山村,到美利坚的领土,他成功了。从一个不会英语的瘦弱男孩到拥有强壮身材的健美先生,再到征服世界影迷的好莱坞明星,他成功了。从好莱坞巨星到加州州长,他又成功了。

教育提示

当我们树立梦想之后,首先我们要确定这个梦想能不能实现。如果能够实现,你又准备如何去实现这个梦想。一个空有梦想,但是毫无计划的人是无法实现自己的梦想的。所以在实现梦想之前,我们要设定一个计划。有了计划,我们才能更加明确自己该如何去做。朝着自己的计划一步步努力,你将更容易实现自己的目标。在这个过程中,我们肯定会遇到一些挫折和困难,这个时候,我们也不能放弃。一旦放弃,或是更改计划,那最终的梦想便会离我们远去,只能成为空想。所以不惧困难,不要退缩,朝着自己的计划努力前进吧。

张 自 忠

卢沟桥事变爆发后，日军加紧了侵华步伐。1940年5月1日，15万日军向襄河东岸第五战区部队发动进攻，枣宜会战打响。

张自忠一面下令部队迎敌，一面写下亲笔书信，告谕五十九军各级将领说："国家到了如此地步，我们只有牺牲，别无他法。我相信，堂堂中华绝不至亡于日寇之手，因为我们为民族牺牲的决心是绝不会改变的。"

5月16日，这血火交织的一天，注定是刻骨铭心的一天。拂晓，激烈的枪声打破了黎明的沉静，刚刚睡下的张自忠又一次被惊醒。紧接着，激战一直在枪炮轰鸣中持续着，阵地眼看就要守不住了。

突然，一枚炮弹在指挥所附近爆炸，张自忠右肩受伤。看着惊慌失措的警卫，他按了按伤口，满不在乎地说："没什么，不要大惊小怪的。"

"总司令，移动移动位置吧？敌人三面包围，我们不如暂时转移，重整旗鼓。"卫兵小声地提醒张自忠。

面对是一种勇气

"我奉命追截敌人,岂能自行退却?今天有我无敌,有敌无我,一定要血战到底!"张自忠瞪了卫兵一眼,怒道,"你们谁都可以走,我是不能走的。"

下午两点,日军在炮火掩护下发起攻击。张自忠站起身来,带伤督战。此刻,他已不指望援军的到来,只希望在死前指挥这仅有的一点兵力多杀几个敌人。

一场惨烈的鏖战后,守军大部分战死,而大批日军正怪叫连连地越冲越近。时间仿佛突然停止,殷红的热血交织着迷蒙细雨,构成一个永恒的瞬间——1940年5月16日下午4时,张自忠永远地倒在了阵地上。

抗日战争中,以上将的军衔、总司令的职位亲临前线,并最终战死沙场的,张自忠是第一个。张自忠为国家、为民族,尽职尽责尽忠,这正是他作为一名爱国军人,在国家危难、民族忧患之际,不惜以生命为代价所追求的一种悲壮而崇高的境界。

教育提示

当国家陷入危难之中时,每个中国人都有保护国家的义务。无论你是默默无闻的平民百姓,还是声名显赫的将军,都应该为了国家义不容辞,即使牺牲自己的生命也在所不惜。

科　赫

科赫出生于波罗的海海岸的维斯马城。

科赫身高1.71米,体重70公斤。她留着栗色短发,眉清目秀,身材匀称而修长。她在小学时时常和小伙伴玩手球,但对于像她这样充满活力的孩子,手球的运动量远远满足不了她的要求。11岁那年,她在学校的"体育日"中参加赛跑,居然战胜了所有的男孩子,显示出特有的田径天赋。

1972年,科赫15岁那年,她决定放弃手球练习,正式开始进行田径训练。她的教练是梅耶尔。两年后,科赫首次参加全国比赛,获得少年甲组500米的冠军。翌年,她在全国室内田径锦标赛上崭露头角,登上全国400米冠军的宝座。同年夏天,她还与队友合作夺得了4×400米的冠军,科赫的名字引起了国际田径界的关注。

1976年,科赫被选入德国奥林匹克代表队参加蒙特利尔奥运会。

由于赛前训练时把脚扭伤,她在预赛时被淘汰了。

这次失利给她深刻的教训,她后来说:"一个优秀的运动员要善于从失败中吸取教训。"

在以后的十几年运动生涯中,科赫有过无数次辉煌的时刻,但是,她说:"在我的田径生涯中,留在我记忆中印象最深的不是那些'辉煌的时刻',而是1976年蒙特利尔奥运会。当谢文斯卡以绝对的优势夺得400米冠军时,我第一次感受到'世界气息',她成了我心中最崇拜的对象。一种强烈的愿望从我心底油然而生——像她那样,破纪录,拿世界冠军。"

从那时开始,科赫便立志为这个目标进行不懈的努力。她把汗水洒在跑道上,她的每个脚步都是坚定地朝这个目标跑去,她每年都有新的建树。

70年代中期,波兰优秀短跑选手谢文斯卡在世界女子200米和400米项目中所向无敌。1978年,21岁的科赫向这位老将挑战了。她把谢文斯卡保持了4年之久的200米世界纪录提高了0.15秒,接着又刷新了谢文斯卡保持的400米世界纪录,还成为第一个突破400米49秒大关的女选手。此后,科赫就取代了谢文斯卡,成为这两个项目出类拔萃的代表。

教育提示

　　天赋对一个人来说是非常重要的,它能够成就一个人,能够让人足够快地获得成功。但是仅仅只是有天赋是不够的,拥有天赋之后,不努力,只会让自己的天赋消磨殆尽,最后成为一个普通的人。我们应该好好利用我们的天赋,不断努力,不白白浪费我们的天赋。

　　在生活中,我们有时候会因为各种原因而不得不面对失败。有些人很害怕失败,认为失败是对自己的否定。其实失败是成功之母,你要做的不是在失败当中自怨自艾,而是应该从失败之中总结经验,吸取教训,下一次不再犯同样的错误。勇敢地面对自己的失败,让自己变得更有经验。

　　人生不能没有目标,没有目标的人就会像一只无头苍蝇一样,四处乱碰。我们应该给自己设定一些目标,然后朝着目标努力。这样我们的人生才会更充实,更有意义。